ちくま文庫

夢みる宝石

シオドア・スタージョン
川野太郎 訳

筑摩書房

THE DREAMING JEWELS

by Theodore Sturgeon

1950

＊本書は訳し下ろしです。

目次

夢みる宝石

1

少年はハイスクールの野球グラウンドの外野席の下でおぞましいことをしている現場を取り押さえられ、通りをへだてた小学校から家に送り返された。少年はそのとき八歳だった。彼はその行為を、もう何年も前からやっていた。

かわいそうではあった。感じのいい子だったし、とくべつ際立っているわけではなかったが、見た目も悪くなかった。子供たちや先生のなかには彼をまあまあ好きな者もいればまあまあ嫌っている者もいたが、うわさが広まると全員が彼に飛びかかった。彼の名はホーティー——ホートン——ブルーイット。当然、家に帰るとひどく責め立てられた。

できるだけ静かにドアを開けたけれど、その音を聞きつけられ、ホーティーは居間の真ん中まで引きずりこまれた。顔を赤らめてうつむいたホーティーの靴下は片方がくるぶしまで下がっていて、両腕は本とキャッチャーミットでふさがっていた。八歳にしてはいいキャッチャーだった。彼は言った、「ぼく——」

「知ってるよ」とアーマンド・ブルーイットは言った。アーマンドは骨っぽい体格にちょび髭(ひげ)をたくわえ、冷たくじめっとした目をしていた。両手で額を打って腕を広げた。「神よ、ああ、いったいなにがおまえにそんな穢(けが)らわしい真似(まね)をさせたんだ？」アーマンド・ブルーイットは信心深い人間ではなかった。だが手で頭を打つときは――じつにしょっちゅうやる仕草だった――いつもそんな言いかたをした。

　ホーティーは返事をしなかった。ブルーイット夫人のトンタはため息をつき、夫にハイボールをたのんだ。煙草(たばこ)を吸わないので、喫煙者が言葉を失ったときに思案しながら火を付ける、あの小休止に替わるものが必要だったのだ。だが彼女が言葉を失うことはめったになく、ライウイスキーが一本あればひと月半はもった。トンタとアーマンドはホートンの両親ではなかった。ホートンの親は二階にいたのだが、それをブルーイット夫妻は知らなかった。ホートンはアーマンドとトンタをファーストネームで呼んでいいことになっていた。

「聞かせてくれ」アーマンドは冷ややかに言った、「いつからこのむかつく趣味があったんだ？　それともちょっとした実験のつもりだったのか？」

　ホーティーは彼らが手加減するつもりがないとわかった。アーマンドが、味見したワインが思いがけず美味だったときのように口をすぼめている。

「そんなにはやってない」とホーティーは言い、待った。

「主よ、このけがれたちびを引き取った寛大なわたしたちにどうか憐れみを」とアーマンドは言い、また両手で頭を叩いた。ホーティーは息を吐いた。いよいよおしまいだ。アーマンドがこれを言うときはいつも怒っている。彼はトンタのハイボールを作るためにずんずん部屋を出て行った。

「どうしてそんなことをしたの、ホーティー？」トンタの声のほうが柔らかいのは、声帯が夫のものより柔らかくできているからにすぎない。顔はかたくなな敵意に満ちていて、冷たかった。

「その、ぼく――なんとなく、してみたくなったんだ」ホーティーは本とキャッチャーミットを足乗せ台に置いた。

トンタは顔をそむけ、文字にならない、吐き気を催したときのような音を出した。アーマンドが氷の鳴るグラスを持って大股で戻ってきた。

「こんなことはいままで聞いたことがない」彼は軽蔑をこめて言った。「学校じゅうに広まってるだろうな？」

「だと思う」

「子供たちにか？　教師たちにもだろうな、そりゃそうだ。当然だ。だれかになにか言われたか？」

「ペル先生にだけ」ペル先生は校長だった。「こう言ってた――学校には……」

「きこえん！」

ホーティーは以前にもこんな状況を経験したことがあった。どうして、どうしてまたこんな目にあわなければいけないのだろう？　「学校には、け、けがれた野蛮人にいてもらわなくてもいいって」

「彼の気持ち、わかるわ」トンタが気取った調子で差し挟んだ。

「ほかのがきどもは？　なにか言ってたか？」

「ヘッキーはいも虫を持ってきた。ジミーにはネバネバ舌って言われた」そしてケイ・ハローウェルには笑われたが、そのことは言わなかった。

「ネバネバ舌ね。がきにしちゃあ悪かないセンスだ。アリクイめ」また額をぱちんと叩いた。「神よ、月曜の朝にアンダーソンさんから『やあネバネバ舌くん！』なんて挨拶されたらどうすればいいんです？　街中に広まるぞ、ぜったいだ」彼は鋭くじめじめした目でホーティーを見据えた。「で、おまえは虫喰いを仕事にするつもりなのか？」

「虫じゃない」ホーティーはおずおずと、正確を期して言った。「蟻だよ。小さくて茶色いやつ」

トンタがハイボールにむせた。「詳しく言わないでいいから」

「神よ」とアーマンドはまた言った、「こいつは将来どんな人間に育つんだ？」彼はふたつの可能性に言及した。うちひとつにホーティーは納得した。もうひとつには博識なトンタさえ飛び上がった。「出ていって」

ホーティーが階段に向かうと、アーマンドはトンタの隣にいらだたしげに腰をおろした。「もうたくさんだ」彼は言った。「限界だよ。こいつの薄汚れた面(つら)をはじめて見て以来、このくそがきはおれの失敗のシンボルだった。この狭い家には――ホートン！」

「なに？」

「戻ってこのゴミを持っていけ。おまえが家にいるのを思い出させるな」

ホーティーはゆっくりと戻ってきて、アーマンド・ブルーイットの手の届かない距離から本とキャッチャーミットを取り、ペンケースを落として――それを見たアーマンドはまた「神よ」をやった――拾い上げ、ミットも落としそうになりながら、やっと逃げるように階段を上がっていった。

「孤児を引き取ったおれが悪いっていうわけか。こんなにいらつかされることになるとはな。おれがなにをしたっていうんだ？」とアーマンドは言った。

トンタはグラスをくるくる回し、飲み物に目を落としたまま、まるで楽しんでいるように唇をすぼめていた。アーマンドとは言い争ったこともあった。やがて意見が違ってもなにも言わなくなった。どちらもとても疲れることだった。いまの彼女は、楽しんでいるような外面をよそおっているうちに、それが内面にも染みこむようになっていた。生活の揉(も)め事はそうやって減っていった。

部屋に入ると、ホーティーは両手に本を抱えたまますぐにベッドの端に腰かけた。ドアを閉めなかったのはそんなものがなかったからで、アーマンドはプライバシーが子供に害を与えると信じていた。明かりをつけなかったのはホーティーが部屋にあるものすべてを把握していたからで、目をつぶっていてもなにがどこにあるかわかっていた。それほどに小さい部屋だった。ベッド、たんす、ひび割れた姿見(すがたみ)つきのクローゼット。子供用の机はおもちゃ同然で、ホーティーにはとっくに小さくなりすぎていた。クローゼットのなかには防水の絹のドレスカバーが三枚あったが、そこはトンタの着ていない服でいっぱいで、彼のためのスペースはほとんどなかった。

彼のための……。

ほんとうの彼の持ち物など、ひとつもなかった。もしもっと小さい部屋があればそこに押しこまれていただろう。この階には来客用の寝室がふたつ、上の階にもうひとつあったが、客が来たことはほとんどなかった。服も彼のものではなく、それはアーマンド言うところの「この街におけるおれの地位」への配慮だった――そうでなければぼろぼろの古着が与えられていただろう。

立ち上がったときにはじめて、自分がまだごちゃごちゃと腕にものを抱えているのに気づいた。ホーティーはそれをベッドの上に置いた。そういえば、ミットは自分のものだった。救世軍の店で七十五セントで買ったのだ。お金はデンプルドーフ氏の食料品店をうろついて、一回十セントで客の荷物運びをして稼いだ。アーマンドは喜ぶだろうと思っていた——問題解決力と金を稼ぐ能力についてしょっちゅう話していたからだ。だが彼はホーティーがそういうことをするのを永遠に禁じた。「ありえん！ おれたちが乞食だと思われるだろ！」こうしてミットは、彼の持つ唯一のものになったのだ。この世界で持っている唯一のもの——しかしそれとはべつに、もちろん、ジャンキーがいた。

彼は半分開いたクローゼットの扉の奥を覗きこみ、一番上の棚と、そこに乱雑に積まれたクリスマスツリーの電飾と（ツリーは戸外の隣人の目につくところに置かれたまま、屋内に持ちこまれることはなかった）、古びたリボンと、ランプシェードと——そしてジャンキーを見た。

小さすぎる机から大きすぎる椅子を引っ張り出し、抱えて運んで——もし引きずっていたら、アーマンドが階段を一段飛ばしで上がって来てなにを企んでいるか確認し、もし楽しそうなことだったらそれを禁じただろう——そっとクローゼットの前に置いた。椅子に乗り、棚にあるガラクタの奥を手探りして、固くて角ばったジャンキーの胴体をみつけた。引きずり出されたのは、荒っぽく削り出されてけばけばしく彩色された木製の大きな四角い箱だった。彼はそれを机に運んだ。

あまりに見慣れていて、くたびれていて、しょっちゅう目で確かめたり触ったりしなくてもそこにあるとわかっている、ジャンキーはそういうタイプのおもちゃだった。ホーティーは捨て子だった。ある秋の晩に公園にいるのが見つかったとき、一枚の湯上がりタオルだけが彼を包んでいた。彼は孤児院にいるときにジャンキーを手にし、アーマンドに養子として選ばれたときも（当時のアーマンドは市議会議員選に出馬していて、そのときは「気の毒な身寄りのない子供」を養子にすることが選挙の助勢になると考えていたが、結果は落選だった）、ジャンキーを一緒に連れていた。

　ホーティーはジャンキーをそっと机に置き、側面の摩耗した鋲に触った。はじめは勢いよく、それからばねが錆びているのでゆっくりと、最後にはどこか挑みかかるようにあらわれたのが、もっとのどかだった時代からの逃亡者、びっくり箱のジャンキーだった。彼はパンチとジュディ（訳注：鉤鼻の夫パンチと妻ジュディが主人公のイギリスの人形劇）のパンチで、欠けた鉤鼻はつんと上を向いた顎にもうちょっとで触れそうだった。その鼻と顎の谷間に、物知り顔の微笑みが広がっていた。

　だがジャンキーの個性のすべて、そしてホーティーにとってのジャンキーの値打ちは、ふたつの目にあった。それは鉛ガラスから切り出されたか成形されたか、あるいは粗く平らに磨かれたかしたもので、真っ暗な部屋のなかでも奇妙で複雑な輝きを放っていた。確かだと言い切ることはできなかったが、ホーティーはこの目じたいが光源にちがいないとたびたび感じてきた。

ホーティーはつぶやいた、「やあ、ジャンキー」

びっくり箱は重々しくうなずき、ホーティーは手を伸ばしてそのなめらかな顎をつかまえた。「ジャンキー、ここから出ていこう。だれもぼくたちにいてほしくないんだ。食べるものもないかもしれないし、凍えるかもしれないけど、でもさ……考えてみてよ、ジャンキー。もうあいつが鍵穴に鍵を挿す音に怯(おび)えなくてすむし、夕食のときに嘘をつかなきゃいけなくなるまで質問されることもないし、それに——とにかく、わかるだろ」彼がジャンキーに自分の立場を説明する必要はなかった。

彼が顎から手を離すと、にやりと笑みを浮かべた頭部が上下にひょこひょこと揺れ、それからゆっくりと思慮深くうなずいた。

「蟻のことであんなに騒ぐみんながおかしいんだ」ホーティーは打ち明け話をするように言った。「ぼくは見せようと思ってだれかを引っ張ってきたりはしなかった。ぼくひとりで行ったんだ。でもヘッキーの馬鹿に見られてた。あいつはこそこそとそこを離れて、カーター先生を呼んできやがった。そんなことするなんてひどいよ、そうだろ、ジャンキー?」鉤鼻を横からつつくと、それは賛成するように首を振った。「告げ口する卑怯者は大嫌いだ」

「おれのことだ、そうだろ」部屋の入口でアーマンド・ブルーイットが言った。

ホーティーは動かず、心臓もまた長いあいだ止まっていた。机の後ろで膝(ひざ)を抱えて縮こまり、ドアのほうは向かなかった。

「なにしてる?」

「なにも」

アーマンドがホーティーの頬と耳のあたりを殴りつけた。ホーティーは一瞬泣き声をあげ、唇を嚙んだ。アーマンドは言った、「嘘つくな。明らかになにかやってただろうが。ひとりで喋ってただろ、精神が遅れてる証拠だ。なんだそりゃ——ああ。そうか、おまえにくっついてきた赤ん坊用のおもちゃか。おまえの全財産だったな。おまえと同じぐらいむかつくぜ」彼はジャンキーを机から持ち上げて床に落とし、手をズボンの横で拭くと、狙いすましてその頭を踏みつけた。

ホーティーは自分の頭を砕かれたように悲鳴を上げ、アーマンドにとびかかった。思いがけない襲撃を受けたアーマンドは足元から崩れ落ちた。激しくしたたかにベッドの支柱にぶつかり、それにつかまろうとして失敗し、床に倒れた。しばらく尻もちをついたままうなって瞬きをしていたが、やがてちいさい目を細め、震えているホーティーを見据えた。「ほおーう！」アーマンドは大いに満足という声を出して立ち上がった。「もう生かしてはおけんな」彼はホーティーのシャツのゆるみをつかんで殴った。喋りながら少年の顔の左右を、句読点を打つように何度も叩いた。「殺人鬼、それがおまえだ。

学校に、通わせたのが、間違いだ。警察に、世話してもらえ。不良のがきにも、住まいをくれるぞ。汚れたちびの、変態が」

　アーマンドはぐったりした子供を追い立ててクローゼットに押しこんだ。「こうすりゃ警察が来るまで安全だろう」彼はあえぎながら扉を勢いよく閉めた。蝶番(ちょうつがい)がホーティーの左手の三本の指を挟んだ。

　ひどく生々しい叫びに、アーマンドはふたたび扉をぱっと開けた。「わめいてどうにかなると思うなよ。この――なんてこった(マイ・ゴッド)！　めちゃくちゃだ。医者を呼ばなきゃいかんってわけか。きりがないんだ――おまえの起こす厄介(やっかい)ごとにはまったくきりがない。トンタ！」彼は部屋を飛び出して階段を降りた。「トンタ！」

「なあに、あなた」

「あの小悪魔が扉に指を挟みやがった。わざとやったんだ、同情を買おうとしやがって。血まみれだ。あいつがなにをやったと思う？　おれを殴ったんだ。飛びかかってきたんだよ、トンタ！　この家にあいつを置いておくのは危険だ！」

「かわいそうに！　怪我(けが)させられてない？」

「殺されなかったのが奇跡だよ。警察を呼ぶ」

「電話してるあいだ、わたしが上に行ってたほうがよさそうね」トンタはそう言って唇を舐(な)めた。

だが彼女が部屋についたときにはホーティーはいなくなっていた。それからしばらくは大騒ぎだった。はじめアーマンドは自分の思惑のためにホーティーを捕まえたがっていたが、やがて、もし少年がこの事件を歪曲させて話したら聞いた人たちはなんと言うだろう、と怖れはじめた。だがそうやって一日、一週間、ひと月と過ぎると、彼は天を仰いで訳ありげに「あの子はいま信頼できる人のところにいるんです、かわいそうなあのわんぱくは」とでも言っておけばよくなった。そうすると人々も「そうですか……」と答えられた。ホーティーがアーマンドの子ではないことは、どのみちみんな知っていた。

だがアーマンド・ブルーイットはひとつの考えを心の片隅にきちんとしまいこんだ。将来、左手の指が三本ない若者があらわれたときは気をつけることにしよう、と。

2

ハローウェル家は町のはずれに住んでいて、その家にはひとつだけ欠点があった——州道と大通りがまじわる交差点にあったので、車の音が昼夜を問わず表玄関と裏口の両方から響いてきたのだ。

飴（あめ）のようになめらかな茶色の髪をしたハローウェル家の娘のケイには、七歳の子なりに強い社会意識があった。ごみを捨ててくるように言われると、いつものように裏口のドアを少しだけ開けてハイウェイを覗いた——雑用をしているところを知り合いに見つかりたくないのだ。

「ホーティー！」

ホーティーは濃い霧が渦巻いている信号機の支柱の影に引っこんだ。

「ホーティー、みつけた」

「ケイ……」彼は姿をあらわしたが、柵のそばからは離れなかった。「ね、ぼくを見たことはだれにも言わないで、いい？」

「でも、なんで──あっ。家出したの！」ケイは彼が小さな包みを抱えているのに気づき、そう口走った。「ホーティー──気分が悪いの？」彼の顔は青ざめ、はりつめていた。「手を怪我してるの？」

「ちょっとね」ホーティーは右手で左手首をぎゅっと押さえていた。左手は二、三枚のハンカチに包まれていた。「警察を呼ばれそうになったんだ。窓から納屋の屋根に飛び移って、午後はずっとそこに隠れてた。通りじゅう、あちこち探されてたから。だれにも言わないよね？」

「言わない。袋にはなにが入ってるの？」

「なんにも」

見せるように迫られたり、袋をつかまれたりしたら、ホーティーが彼女と会うことは二度となかっただろう。だがケイはこう言った、「お願い、ホーティー」

「見ていいよ」彼は手を手首から離さずに身をよじり、抱えていた包みを取れるようにした。ケイはそれを開き──紙袋だった──ジャンキーのおぞましい、破壊された顔を取り出した。ジャンキーの目がぎらりと輝き、彼女はきゃっと悲鳴を上げた。「なにこれ？」

「ジャンキー。ぼくが生まれる前から持ってたんだ。アーマンドに踏まれた」

「だから家出したの？」

「ケイ！ そこでなにしてるの？」

「いま戻るから、ママ！ ホーティー、もう行かなきゃ。ホーティー、あなた戻ってくる？」

「ぜったい戻らない」

「そんな……ブルーイットさんって、ほんとにひどい……」

「ケイ・ハローウェル！ はやく戻りなさい。雨が降ってきましたよ！」

「はーい、ママ！ ホーティー、伝えたかったの。今日、あなたのこと笑ってごめん。ヘッキーがいも虫を持ってきたとき、わたし冗談だと思ったの。それだけ。ほんとに蟻を食べたって知らなくて。ね……わたしも靴墨を食べたことあるよ。なんともなかった」

ホーティーが肘を突き出すと、ケイは紙袋をそっと腕のなかに戻した。彼はまるでいま思いついたみたいに――実際にそうだったのだが――言った、「ぼくきっと戻ってくるよ、ケイ。いつかね」

「ケイ！」

「じゃあね、ホーティー」彼女は立ち去った。飴色の髪と黄色い服とレース飾りのきらめきは、ホーティーの目の前で、閉じた柵の扉と、次第に遠ざかる早足の音に変わった。

ホートン・ブルーイットは暗い霧雨のなかに立ちつくした。寒かったが、砕かれた手は熱く、そして喉（のど）にもまたべつの熱があった。やっとの思いでそれを飲みこんで顔を上げると、信号で止まっているトラックの、こちらを誘っているような幅広い後部扉が目に入った。彼はそれに駆け寄ると、荷台に小包を投げ入れ、左手をかばって右手でつかまり、よじ登った。トラックがとつぜん発進し、ガタンと揺れた。ホーティーは落ちまいとして激しくもがいた。ジャンキーの入った包みが彼のほうに滑ってきて、通りすぎた。それを捕まえると自分の支えがなくなり、彼は転び落ちそうになった。

　とつぜんトラックのなかでおぼろげな影が動いたかと思うと、ものすごい痛みが走った——砕かれた手を強く握られたのだ。ホーティーはもう少しで気絶するところだった。ふたたび目をあけると、彼はがたがた揺れるトラックの床で仰向（あおむ）けになっていた。手首を押さえて涙をにじませ、小さく苦しげなうなり声を絞り出して激痛をうったえた。

「おい、おまえ早死にしたいんだな、そうだろ?」太った、どうやら同い年くらいの少年が上から覗きこんでいた。かしげた頭が三重顎の上に載っている。「その手、どうしたんだ?」

　ホーティーはなにも言わなかった。一瞬、言葉をすっかり失った。太った少年は、驚くほどやさしい手つきでホーティーのいいほうの手をハンカチからどかし、布をはがしはじめた。内側の層に達したとき、少年は横切っていく街灯のおびただしい光に照らされた血を見て「おいおい」と言った。

明るい交差点の信号で止まったとき、少年は手をあらためてじっくり見つめ、「おいおい、ひどいな」と言った。その言葉には胸の内にある強い気持ちがあらわれていて、哀れみのこもった目は小さくこんもりしたふたつの皺になるまで縮こまっていた。太った少年が自分のことを気の毒に思っているのがわかったとき、ホーティーはやっと人目をはばからずに泣き出した。泣き止みたかったけれどできなかった――少年がハンカチを結びなおしてくれるあいだも、そのあとしばらく経っても。

太った少年はロールになった真新しい帆布の上にゆったりと座り、ホーティーが落ち着くのを待った。ホーティーが少し静かになると、少年はウインクした。ホーティーはほんのちょっとしたやさしさにもひどく感じやすくなっていたから、また声を上げて泣いた。少年は紙袋を取り上げて覗きこみ、うなって、そっと閉じてから帆布の上のじゃまにならないところに置いた。それからホーティーが驚いたことに、少年はコートの内ポケットから銀色の、金属の筒が五本くっついた形の大きな煙草入れを出した。そこから葉巻を一本取ると口に入れ、転がして湿らせてから火をつけ、甘さと苦さの混じった青い煙をたっぷりと吐いた。彼は話しかけようとはせず、ホーティーはやがて居眠りしたようだった。ふたたび目を開けると、太った少年の折り畳まれた上着が頭の下で枕がわりになっていて、それがいつ添えられたのかはわからなかった。あたりはもう暗くなっていた。身を起こすとすぐに、暗闇から太った少年の声が聞こえた。

「楽にしな、少年」小さくてずんぐりした手がホーティーの背中にしっかりと置かれた。

「気分はどう？」


ホーティーは口を開いたが喉をつかえさせ、唾を飲んでまた話そうとした。「いいと思う、たぶん。お腹が空いたな……わあ！　田舎に来たね！」


気づくと太った少年がそばにしゃがんでいた。彼の手が背中から離れたと思った次の瞬間にマッチの火が灯り、ホーティーは驚いた。その忘れがたい一瞬、ゆらめく光に照らされた少年の顔が目の前を漂った。その顔はまるで月のようで、ほのかなピンクの唇が黒い葉巻の周りを這っていた。少年は慣れた手つきでマッチをはじき、その光を夜のなかに飛ばした。「吸う？」

「吸ったことないんだ」とホーティーは言った。「トウモロコシの毛は一回だけあるけど」彼は葉巻の先の赤い宝石に目を奪われた。「きみはたくさん吸うんだね、きっと」

「このせいで成長が止まったのよ」と彼は言い、はじけるような甲高い笑い声を響かせた。「手はどう？」

「ちょっと痛い。でもそんなにひどくないよ」

「根性あるなあ、おまえ。おれだったらモルヒネくれ、って叫んでるよ。なにがあったんだ？」


ホーティーは話した。話は途切れがちで順番もばらばらだったけれど、太った少年にはなにもかも伝わった。彼の質問は短く要点が絞られていて、感想が挟まれることもなかった。少年が尋ねたかったらしい質問がすべて終わると会話は途切れ、ホーティーは相手がしばし居眠りしたのではないかと思った。葉巻の光は何度も弱まり、消えそうになるたびにまたパチパチと燃え、トラックの後部から吹いてきたきまぐれな風がたまに触れると、揺れながら輝いた。

太った少年が、ふいに、はっきりと目覚めている声で「仕事、探してるか?」と尋ねた。

「仕事? うーん――そうだね、たぶん」

「なんで蟻を食べたの?」が次の問いだった。

「うーん、ぼくは――わかんない。たぶん、ただ――うん、そうしたかったんだ」

「しょっちゅうやってたのか?」

「そこまででも」その質問はアーマンドにされたものと違っていた。このことを尋ねる少年の声には、ほんのわずかな嫌悪感も、年齢や学年を尋ねるとき以上の好奇心も、まったくなかった。

「歌は歌えるか?」

「うーん――歌えると思う。ちょっとは」

「なにか歌ってみろ。歌いたかったらでいいけどな。緊張しなくていい。そうだな――

『スターダスト』は知ってる？」

ホーティーが外を見ると、ごとごと揺れるタイヤの下で、星に照らされた道がどんどん流れ去っていた。車が反対車線でさっとすれ違うと、ヘッドライトの黄みがかった白い閃光はふたつの赤いテールランプに変わり、次第に小さくなっていった。霧は晴れ、手の痛みもほとんどなくなって、なにより彼はアーマンドとトンタのもとを去っていた。ケイは羽毛のようなやさしさで彼に触れ、男の子の喋りかたを知らないかのように喋るこの風変わりな少年もまた、べつのやさしさを彼にあたえた。すばらしくあたたかい輝きがホーティーの内に灯りはじめ、これまで生きてきて一度か二度しか感じたことのない気持ちになった――そんな気持ちになったのは、袋跳び競争（サックレース）で優勝してカーキ色のハンカチを贈られたときと、子供四人で雑種犬を口笛で呼んだら、犬がほかの子たちにはいっさい目もくれず、彼のところにまっすぐ走ってきたときだけだった。ホーティーは歌いはじめた。トラックがひどく揺れるのでよく聞こえるように歌い上げなくてはならず、大きく歌い上げなくてはならなかったので彼はその歌に身をゆだね、そこに自分の一部をあずけた――鉄骨の梁（はり）の上の職人が、体重の一部を風にあずけるように。

ホーティーが歌い終えると、太った少年が「へえ」と言った。その抑揚のない声はあたたかい称賛のしるしだった。彼はそれ以上なにも言わずに車体の前方にゆき、四角い窓ガラスを叩いた。トラックはすぐに速度を落とし、片側に寄って沿道に停まった。太った少年は後部扉に行き、そこにいちど腰かけてから道に降りた。

「そこにいな」とホーティーに言った。「しばらく前に座るから。いいかい――いなくなるなよ」

「ならないよ」とホーティーは言った。

「手をぐしゃぐしゃに潰されて、どうしてそんなふうに歌えるんだ？」

「わかんない。もうそんなに痛くないんだ」

「バッタも食べるのか？　いも虫は？」

「まさか！」ホーティーはぞっとして叫んだ。

「わかった」と少年は言った。彼が運転席に行くとドアが音を立てて閉まり、トラックはふたたび出発した。

ホーティーが慎重に進んで荷台の前の壁ぎわにしゃがみこむと、四角い窓ガラスから向こうが見えた。

運転手は長身の男で、肌は奇妙な、こぶだらけで灰色がかった緑色だった。鼻はジャンキーと似ていたが顎はほとんどなく、年取った鸚鵡(おうむ)みたいだ。ものすごく背が高くて、シダの葉のようにハンドルに覆(おお)い被(かぶ)さっていた。

その隣にはふたりの女の子がいた。ひとりは丸く整えたふさふさの白髪――いや、プラチナ――で、もうひとりは太い二本のおさげに前髪をまっすぐ切りそろえ、うつくしい歯をしていた。そのまた隣にあの太った少年がいて、生き生きと喋っていた。運転手はその会話にまったく注意を払っていないようだった。

頭はぼんやりしていたが、気分は悪くなかった。なにもかもに、興奮するような、夢のような感じがあった。ホーティーは後部に戻り、太った少年の上着に頭を横たえた。だがまたすぐに身を起こすと、荷台に積み上げられた品々のあいだを這って進み、やがてロールになった長い帆布を探りあて、そこにある紙袋を見つけた。また横になると、左手をお腹の上に休め、右手は袋につっこみ、ジャンキーの鼻と顎のあいだに人差し指と小指を添えた。彼は眠りはじめた。

3

ふたたび目覚めたときトラックは停まっていて、ホーティーが焦点の定まらない目を開くと、ぎらぎらとのたうつ光が見えた——赤にオレンジ、緑に青、その下にまばゆい金色の光のシーツ。

彼は頭を上げてまばたきし、これらの光を、巨大な柱に掲げられたネオンサインに解読した。**アイスクリーム二十種**、**簡易宿泊**（キャビン）、**バー／食事**。おびただしい金色の光はガソリンスタンドのサービスエリアじゅうを照らす投光照明器のものだった。太った少年のトラックの後ろには三台のトレーラートラックが停まっていた。うち一台の貨物部分はいくつもの畝（うね）があるステンレス製で、光に照らされた姿にはじつに心惹（ひ）かれた。

「おい、起きたか？」

「あっ——やあ！　うん」

「これから腹ごしらえだ。来いよ」

ホーティーはぎこちなく膝立ちになり、「お金、ぜんぜん持ってないんだ」と言った。

「なに言ってんだよ」と太った少年は言った。「いいから来な」

降りるとき、少年は力強い手をホーティーの脇にそえた。ガソリンポンプのきしむような音の向こうでジュークボックスが鳴り響き、ふたりの足はざくざくと楽しげに石灰がらを踏んだ。「きみの名前は？」とホーティーが尋ねた。

「ハバナって呼ばれてる」と太った少年は言った。「行ったことはないよ。葉巻の名前だ」

「ぼくはホーティー・ブルーイット」

「改名しなきゃな」

運転手とふたりの女の子がダイナーの入り口で待っていた。みんなでどやどやと店に入ってカウンターに並ぶと、ホーティーははじめて彼らをじっくり見ることができた。ホーティーは運転手と銀髪の少女のあいだに座った。もうひとりの黒いおさげ髪の少女はそのまた隣のスツールに腰かけ、ハバナと名乗る太った少年は一番端についた。

ホーティーはまず運転手を見た——じろじろ眺めてから視線を引き剝がすあいだ、ずっと緊張していた。運転手のたるんだ肌は比喩でなく灰緑色で、かさついてだぶつき、なめし革のように粗かった。目の下はたるみ、目は赤く血走っていた。下唇が垂れ下がっていて、長くて白い下の前歯がむきだしになっていた。手の甲の皮膚もやはりだぶだぶのセージグリーンだったが、指はふつうだった。細長く、爪はきれいに手入れされていた。

「こいつはソーラム」とハバナは言い、カウンターに身を乗り出してふたりの女の子ごしに喋った。「〈ワニ革男〉、うちでいちばん醜い人間だ」その称号を聞いたソーラムが憤慨するのではというホーティーの考えを見てとったのか、彼は付け加えた。「こいつ、耳が聞こえないんだ。なにを言われてもわからんのさ」

「わたしはバニー」と隣に座った女の子が言った。ぽっちゃりしていた——ハバナみたいには太っていない、でも丸々としていて——むっちりして、はりがあった。肌は肉と血の色をしていた——全身がピンクがかっていて、くすんだところがない。髪は綿のように白いけれど艶があって、目は白ウサギの目のような極上のルビー色だった。声は小虫のようにか細く、いまもほとんど聞こえないくらいにくすくす笑っていた。背丈は立つとホーティーの肩にやっと届くくらいだが、座ると同じ高さになった。均整が取れていないのは長い胴体と短い脚だけだった。「で、こっちがジーナ」

　ホーティーは彼女をまっすぐ見て、息を呑んだ。彼女はいままで見たなかでもっとも美しい、小さな芸術品だった。黒い髪が輝き、目も輝いていて、顔の形はこめかみから頬まではまっすぐ伸び、頬から顎にかけてはやわらかく、なめらかな曲線を描いていた。肌は陽に焼け、深く、新鮮なきらめきを放っていて、まるで薔薇の花びらの隙間に射したピンクの影のようだった。彼女がつけていた口紅の色は暗く、赤茶色に近かった。目の白い部分は浅黒い肌のなかで灯台の光のように見えた。幅の広い襟が肩にかかり、襟ぐりの線は腰に達するほど深かった。それを見たホーティーははじめて、この子供たち――ハバナとバニーとジーナが、子供などではまったくないことに気づいた。バニーにはどこか少女っぽい、幼太りの曲線があって、まさに四歳の少女もしくは少年のようだった。だがジーナには胸があった。張りがあってひきしまった、ほんもののふたつの乳房が。彼はその胸を見て、それから三人の小さな顔を見た――まるでいままで見ていた顔が消え、あらたなものに取り替えられたとでもいうように。ハバナの芝居がかって自信に満ちた話しぶりと葉巻は成熟のしるしで、アルビノのバニーもいずれそのような証を見せるのだろう。

「彼の名前は言わないでおくよ」とハバナが言った。「あたらしい名前にする予定なんだ、いまのところ。だろ？　少年」

「うん」ホーティーはそう言いながら、この人たちが自分の心のなかに占める位置が奇妙に移動したのをなんとか受け止めようとしていた。「うん、そうだね」

「かわいいね」とバニーが言った。「きみ、自分で気づいてる？」そしてあのほとんど聞き取れないくらいの笑い声を発した。「かわいいよ」

ホーティーは自分がまたジーナの胸を見ていることに気づき、頰を真っ赤にした。

「この子をからかわないで」ジーナが言った。

彼女が口を開いたのはそれがはじめてだった……ホーティーのいちばん古い記憶のひとつは、入江のほとりに落ちていたガマの穂だった。まだよちよち歩きのころに見た、乾いた黄色い茎についたこげ茶色のソーセージを思わせる穂は、硬くて脆そうだった。それを拾わずに穂に沿って指を這わせたとき、乾いた木切れではなくビロードの感触がして、ぞくぞくするような衝撃を受けた。彼はいまジーナの声をはじめて聞いて、同じような衝撃を受けていた。

軽食専門のコックは、疲れ切った口元をした、目と小鼻の脇に笑み皺のある青白い顔の若者で、こちらにのんびりと近づいてきた。小人たちとぞっとする緑の肌のソーラムを見ても驚いていないようだった。「やあ、ハバナ。このへんでやるの？」

「六週間かそこらはやらないかな。エルトンヴィルに行くとこだ。州博覧会で稼いで戻ってくるよ。小道具満載でな。この男前にチーズバーガーを。お嬢さんがたはどうされます？」

「ライ麦トーストのスクランブルエッグのせ」とバニーが言った。

ジーナが言った、「ベーコンをこんがり焼いて――」

「――砕いて、ピーナッツバターを塗った全粒粉パンにふりかける。覚えてますよ、女王さま」コックはにっこり笑った。「ハバナ、あんたは？」

「ステーキ。おまえもそれでいい？」と彼はホーティーに尋ねた。「いや——切れないよな。サーロインハンバーグひとつ、パン粉をまぶしたら撃ち殺す。豆とマッシュポテトもくれ」

　コックは親指と人差し指で輪をつくって料理を作りに戻った。

　ホーティーはおずおずと「みんなはサーカスにいるの？」と尋ねた。

「カーニーだ」とハバナが言った。

　ジーナはホーティーの表情を見て微笑んだ。それを見た彼はくらっとした。

「巡業見世物（カーニバル）のことよ。聞いたことあるでしょ。手は痛い？」

「そんなに」

「これがひどいんだ」ハバナが感情をあらわにした。「見せてやりたいよ」彼は右手を左手の指に持ってゆき、クラッカーを砕くような仕草をした。「ひでえ」

「それは治してあげなくちゃね。きみのこと、なんて呼べばいい？」とバニーが尋ねた。

「まずはこいつがなにをするかを見極めないと」とハバナが言った。「〈人喰い〉を喜ばせなきゃ」

「蟻のことだけど」とバニーが言った。「ナメクジとかバッタとか、そういうのは食べるの？」率直な訊（き）きかたで、笑ってはいなかった。

「食べないよ！」ホーティーがそう言うのと同時にハバナが言った、「もう聞いたよ。

その線はなしだ、バニー。どっちみち人喰いはギークが嫌いだし」

残念そうにバニーは言った、「ギークの小人がいるカーニーなんてどこにもないでしょ。いい呼び物になると思ったんだけど」

「ギークってなに？」とホーティーが尋ねた。

「ギークがなにか知りたいんだってよ」

「少しも気持ちのいいものじゃないよ」とジーナが言った。「胸が悪くなるようなものをいろいろ食べたり、生きているニワトリやウサギの頭を食いちぎったりするの」

ホーティーは「そういうのはしたいと思わないな」と言った。そのまじめくさった言いかたに、三人の小人は甲高い声で爆笑した。ホーティーは全員を順番に見て、彼らが一緒に笑おうとしていて、自分を笑い物にしているのではないのを感じ取り、自分も笑った。ふたたび内側があたたかくなるのを感じた。この人たちといるとすべてが気楽に思えた。彼らはどうやら、ホーティーがほかの人たちと少し違うかもしれないとわかっていて、それでもかまわないようだった。

「さっきも言ったけどな」とハバナが言った。「こいつ、天使みたいに歌うんだ。あんなのは聴いたことがない。ぜひ聴いてほしいな」

「なにか楽器はできる？」とバニーが尋ねた。「ジーナ、彼にギターを教えてあげられない？」

「その左手じゃ無理だろ」とハバナは言った。

「待って！」ジーナが声を上げた。「この子がわたしたちと働くっていつ決まったの？」ハバナはぽかんと口を開けた。バニーは言った、「あら——わたしてっきり……」そしてホーティーはジーナを見つめた。彼らはくれたものをとたんに取り上げてしまうつもりなのだろうか？

「ああ、ぼうや、そんなふうに見ないで」とジーナが言った。「胸が引き裂かれそうになる……」またもや彼は、深く悲しんでいながらも、ほとんど指で触れているようにその声を感じていた。彼女は言った、「いい子ね、あなたのためだったらどんなことでもしてあげたいと思ってる。でも——あなたにとっていいことじゃないといけない。これがいいことなのかどうかわからないの」

「いいことに決まってる」ハバナがあざけるように言った。「こいつはどこで食べていくんだ？　だれが受け入れてやる？　いいか、あんな目に遭った子は休まなきゃだめだ。なにが問題なんだよ、ジー？　人喰いのことか？」

「人喰いのことは対処できる」と彼女は言った。このちょっとしたひと言を聞いたホーティーは、なぜか、ジーナにはなにかがあると感じた。それがあるから、ほかの者たちは彼女の決断を待っているのだ。「ハバナ、いい？」と彼女は言った、「この年頃に経験することが、この子が成長したときにどんな人になるかを決めるのよ。カーニーは、わたしたちにとってはいいところよ。わたしたちの家。わたしたちが自分らしくいられるたったひとつの場所で、そこが好き。でもこの子にとってはどう？　あそこで成長していいと思う？　子どもが生活していいところじゃない」

「まるでカーニバルには小人とできそこない（フリークス）しかいないみたいな言いかただ」

「ある意味では、その通り」ジーナはつぶやいた。「ごめんなさい。こんなこと言っちゃいけなかった。しっかり考えることができないの、今夜は。なんだか……」彼女は身震いした。「わからない。でもそれがいいアイデアだとは思えない」

バニーとハバナは顔を見合わせた。ハバナは力なく肩を落とした。ホーティーにはどうしようもなかった。目頭（めがしら）が熱くなって「はあ」と言った。

「ああ、ぼうや、よして」

「おい！」ハバナが叫んだ。「支えろ！　気絶するぞ！」

ホーティーの顔がとつぜん真っ青になり、苦痛でゆがんだ。ジーナはスツールから滑り降りて彼に腕を回した。「気分が悪いの？　手が痛い？」

ホーティーはあえぎながら首を振った。「ジャンキーが」そうつぶやき、喉を締め上げられたようにうめいた。布を巻いた手で店の入口を指し、「トラックに」とかすれ声で言った。「なかの――ジャンキーが――ああ、トラックに！」

小人たちは顔を見合わせた。ついでハバナがスツールから跳（と）び降りると、ソーラムに駆け寄って彼の腕をパンチした。それから素早い仕草で外を指さし、想像上のハンドルを回してドアのほうに手を振った。

大男がすごい速さで滑るようにドアから出てゆき、残りの者たちがあとを追った。小人たちとホーティーが外に出たとき、ソーラムはすでにトラックのところにいた。彼は猫のようにさっと跳(は)ね、運転席をちらっと覗きこんで通り過ぎ、さらに二度ジャンプして後部扉から乗りこんだ。何度かぶつかる音がしてふたたびソーラムがあらわれると、彼のまだら模様の手によれよれの男がぶら下がっていた。浮浪者はもがいていたが、金色のまばゆい光がソーラムの顔を照らすと、かすれた声で叫んだ。四百メートル先でも聞こえたに違いない絶叫だった。ソーラムが石灰がらの上で手を離すと、男は背中からどさっと落ちてもだえ、怯えきって、ショックを受けた肺になんとか空気を取りこもうとした。

ハバナは葉巻の残りを投げ捨て、うつぶせになった男に飛びかかって乱暴にポケットを探った。罰当(ばちあ)たりな悪態をつき、それから「見ろ——新品のスープスプーンとコンパクト四つと口紅と——おい、コソ泥」と、大柄ではないが彼の三倍はある男に向かってどなった。男はハバナを振り落とそうとするように身をよじった。ソーラムがすぐに身を乗り出し、大きな手で男の顔を引(ひ)っ掻(か)いた。男はまた叫び、今度は暴れてハバナを跳ね飛ばしたが、攻撃するつもりはなく、ただ不気味なソーラムを前にした恐怖ですすり泣き、よだれをたらしながら逃げようとしただけだった。彼はハイウェイの向こうの闇に消えたが、ソーラムがすぐにあとを追った。

ホーティーはトラックの後部扉まで歩いていった。おずおずとハバナに「ぼくの袋を探してくれる？」と言った。

「あの古い紙袋？ いいとも」ハバナは後部にひらりと飛び乗り、ほんの少しして包みを持ってあらわれ、それをホーティーに手渡した。

ジャンキーはアーマンドに徹底的に壊されていて、びっくり箱の頭部はちぎられ、残りの部分も潰されていたので、ホーティーが救出できたのは顔だけだった。だが破壊はいまやその顔にも及んでいた。

「あーあ」とホーティーは言った。「ジャンキー。ほんとに壊れちゃった」彼はふたつの破片と化したぞっとする顔を取り出した。張り子の鼻は粗い粉末のようになっていて、顔は大きいかけらと小さいかけらのふたつに割れていた。それぞれにひとつずつついた目がぎらりと光っていた。「あーあ」ホーティーはまた言って、片手でかけらをひとつに組み合わせようとした。

取り返した品々をせっせとまとめていたハバナが肩ごしに言った、「かわいそうなことしたな、ぼうず。あいつがおれたちのものを漁ってるときに膝で踏んだんだろ」彼が奇妙な購入物のコレクションをトラックの運転席に投げ入れているとき、ホーティーはジャンキーをまた紙袋にしまった。「なかに戻ろう。注文したのが来てるぞ」

「ソーラムは？」とホーティーが尋ねた。

「すぐ来るよ」

ホーティーはふいに、ジーナの濃い色の目が自分に注がれていることに気づいた。彼は話しかけそうになったがなんと言えばいいのかわからず、恥ずかしくなって頬を赤らめ、先頭を切ってレストランに入った。今度はジーナが彼の横に座った。彼女は塩を取ろうとしてホーティーの前に身を乗り出し、「だれかがトラックにいるってどうしてわかったの？」とささやいた。

ホーティーが膝の上に置いた紙袋を見つめると、ジーナも同じようにそれを見た。「ああ」と彼女は言った——それからまったく違うトーンで、ゆっくりと「ああ、そうだったの」と言った。彼はなんと答えればいいかわからないでいたが、とつぜん、答えなくてもいいのだとわかった。すくなくとも、いまは。

「あそこにだれかいるってなんでわかった？」ハバナがケチャップのボトルを振りながらせっついた。

ホーティーは口を開いたが、ジーナがそれをさえぎった。急に「気が変わったわ」と言った。「この子がカーニーに来たら、悪いことよりいいことのほうが多いと思う。外でひとりでやっていくよりずっといいわ」

「やあ、やっとか」ハバナはボトルを置いてにっこり笑った。バニーは手を叩いた。

「ジー、そうこなくちゃ！　あなたならわかってくれると思ってた」

「おれもさ。おれは……わかったことがもうひとつあるぞ」とハバナが続けて、指をさした。

「コーヒー沸かし？」バニーがとぼけた様子で言った。「トースター？」

「ばか、鏡だよ。見てみろ」ハバナはホーティーのほうに身を乗り出し、彼の頭に腕を回してジーナの顔に引き寄せた。反射した姿がふたりを見返した――ふたつのちいさな顔は、どちらも褐色で、どちらも目の色が濃く、卵型で、黒髪だった。ホーティーが口紅を塗って三つ編みにしたところで、彼女の顔とまったく同じにはならないだろう――でもその違いはほんのわずかだ。

「あなたの生き別れの弟だわ！」バニーがささやいた。

「いとこ――それもいとこの女の子ね」とジーナが言った。「いい？――トレーラーのわたしの部屋には寝台がふたつあるから……けらけら笑うのはやめて、バニー。わたしはこの子の母親と言ってもいい歳だし、それに――ちょっと、黙ってよ。ちがう。これが完璧なやりかたなの。この子の素性はぜったいに人喰いに知られちゃいけないんだから。あんたたちふたりにかかってるのよ」

「おれたちはなにも言わないよ」とハバナが言った。

ソーラムは食事をつづけていた。

ホーティーが「人喰いってだれ？」と尋ねた。

「わたしたちのボス」とバニーが言った。「以前は医者だったの。あんたの手も治してくれるよ」

ジーナの目はここにはないなにかを見つめていた。「彼は人間を憎んでいるの」と彼女は言った。「すべての人間を」

ホーティーは驚いた。はじめて、この奇妙な人たちにも恐れているものがあると仄(ほの)めかされたのだ。その驚きを察したジーナが彼の腕に触れた。「怖がらないで大丈夫。彼の憎しみはあなたを傷つけたりしないから」

4

彼らがカーニバルについたのは朝のまだ暗い時間で、遠くの山々と白んできた空がくっきりと分かれはじめるころだった。

ホーティーにとっては、なにもかもがスリルと謎に満ちていた。この人たちに出会ったということだけではない。この先にも興奮と謎が待ち受けていて、その生活をはじめるためには、彼が演じなくてはならない役柄と、ぜったいに忘れてはいけないせりふがあった。そしていまこの夜明けに、カーニバルそのものがあった。広く仄暗い通路に敷かれたおがくずが、立ち並ぶ舞台と呼びこみ人の演壇のあいだでかすかに光って見えた。夜明けの光が消灯したネオン管に反射して、あちこちに伸びる光線の幻をつくっていた。貪欲に腕を天に伸ばす遊園地の乗り物の、痩せたシルエットが見えた。いくつもの、眠たげな、落ち着きのない、聞きなじみのない物音が聞こえた。湿った土とポップコーンと汗と、甘く異国風な肥料の匂いがあたりに立ちこめていた。

トラックは通路の西側に並んだ屋台を縫うように通り過ぎ、両端にドアのついた長いハウストレーラーのわきに停まった。

「ついたわ」バニーがあくびまじりに言った。ホーティーは女の子たちと一緒に前部座席に乗っていて、ハバナは後部で丸まって横になっていた。「出て。走って、ほら――まっすぐあのドアから入って。人喰いは眠ってるし、見る人はいない。出てきたときにあなたは別人になってる。それからみんなで手を治しにいくからね」

ホーティーはトラックのステップに立ってあたりを見回し、トレーラーのドアに飛んでいってするりとなかに入った。なかは真っ暗だった。ドアから離れて待っているとジーナが入ってきてドアを閉め、小窓のカーテンを引いてから明かりをつけた。

光はとてもまぶしかった。ホーティーは狭い正方形の部屋にいた。両端に小さな寝台が、片隅にはこぢんまりした簡易キッチンがあり、その反対側にクローゼットとおぼしきものがあった。

「さてと」とジーナが言った。「服、脱いで」

「ぜんぶ?」

「そりゃそうよ、ぜんぶ」彼女はホーティーのおどろいた顔を見て笑った。「いい、ぼうや（キドー）。これからわたしたちみたいな小さい人間について教えてあげる。えっと――何歳だって言ってたっけ?」

「もうすぐ九歳」

「そう、じゃあ説明するわね。ふつうの成人した人間は、服を脱いだ相手の姿を見るのにとても慎重になる。それに意味があってもなくてもそうするのは、成長した男女の身体に大きな違いがあるから。男の子と女の子より大きな違いがね。でも、小人はだいたいの点で子供みたいなままで、ほんの数年をのぞけば一生そうなの。だからわたしたちのほとんどは、そういう違いにわずらわされない。そこでわたしたち、あなたとわたしのことだけど、わたしたちもいまから、そういう区別をしないほうがいいと思うの。第一に、あなたが男の子だと知っているのはバニーとハバナとわたしだけでしょ。第二に、実際はどうでもいいことに気を遣ってお互いに身をかがめたり縮こまったり隠れたりしていたら、この小さい部屋にふたりで住むことはできない。わかった？」

「う、うん。わかった」

ホーティーはジーナに服を脱ぐのを手伝ってもらいながら、この外側にまとう皮膚からどうやって女性になるのかを慎重に学びはじめた。

「教えてほしいことがあるの、ホーティー」きちんと片付いていた引き出しをひっくり返し、彼に合う服を探しながらジーナが言った。「紙袋に入っているのはなに？」

「ジャンキーだよ。びっくり箱だった。前はね。アーマンドが潰したんだ——言ったよね。それからトラックにいた男にもっと潰されたんだ」

「見てもいい？」

靴下をはくのに苦労しながら、彼は寝台のほうにうなずいた。「いいよ」

ジーナはずたずたに裂けた紙張り子のかけらを持ち上げて「ふたつも！」と声を上げた。振り返り、まるでホーティーが紫色に光りだしたか、ウサギの耳が生えだしたとでもいうように彼を見た。

「ふたつ！」とまた彼女は言った。「さっきダイナーで見たときはひとつだけだと思ったのに。これはほんとにあなたのものなの？　どっちも？」

「それはジャンキーの目だよ」彼は説明した。

「ジャンキーはどこで見つけたの？」

「養子にもらわれるまえから持ってたんだ。赤ん坊のぼくをお巡りさんが見つけて、ぼくは孤児院に入れられた。そこでジャンキーと会ったんだ。ぼくの家族はほかにいないと思う」

「それでジャンキーはあなたと一緒にいたのね――ほら、はくのを手伝ってあげる――それからずっと、ジャンキーと一緒だったのね？」

「うん。そうしなきゃいけなかったんだ」

「どういうこと？」

「この服はどうやって留めるの？」

彼を隅に追い詰めて、情報を引き出すまで押さえつけたいという衝動のようなものをジーナは感じた。「ジャンキーのことだけど」と辛抱強く言った。

「ああ。あのね、彼が近くにいないといけなかったんだ。いや、近くじゃなくてもいい。ジャンキーが無事だったら、すごく離れていてもよかった。つまり、彼がぼくのものであればいいんだ。だから彼の姿を一年間見られなくても平気なんだけど、だれかが彼を動かしたらぼくにはわかるし、だれかが彼を傷つけたら、ぼくも傷つくんだ。わかる？」

「よくわかる」ジーナは驚きながらそう言った。ホーティーはまたもや甘い歓びに打たれた——この人たちはどんなことでも、ほんとうによく知っているみたいだ。

ホーティーは言った、「みんなそういうものを持っているんだと思ってた。もしなくしたりしたら具合が悪くなってしまう、そういうものを。そのことをだれかに訊こうと思ったこともなかった。そしたらアーマンドのやつが、ジャンキーのことでぼくをいじめたんだ。ぼくを慌てさせようとしてよくジャンキーを隠した。いちどゴミ収集車に捨てられたことがあってね。ぼくはすごく具合が悪くなって医者に見てもらわなきゃいけなくなった。ジャンキーの名前を叫びつづけていたら、お医者さんはとうとうアーマンドに、そのジャンキーというのを返してやらなければこの子は死ぬことになります、って言ったんだ。ビョウテなんとかだって。キシュウチャク？」

「病的執着。そんなふうに言われるのよね」ジーナは微笑んだ。

「アーマンドは怒り狂ったけど、しょうがなく医者にしたがった。けっきょくジャンキーでからかうのはいやになって、クローゼットの上に置いたっきり、ほとんど忘れちゃったんだ」

「これでりっぱな美女になった」ジーナは感嘆した。ホーティーの両肩に手を置き、真剣な顔で目を見つめた。「よく聴いて、ホーティー。すごく大事なことなの。人喰いのことよ。あなたはあと数分もしたら彼と会うことになって、わたしは彼に話をする——大嘘の話をね。そこで、あなたにも助けてほしいの。彼にはその話を信じてもらわなきゃいけない。そうしないと、あなたはわたしたちと一緒にはいられない」

「覚えるのはすごく得意だよ」うずうずしながらホーティーは言った。「覚えようと思ったらなんでも覚えられる。はやく教えて」

「よろしい」ジーナはしばし目を閉じ、じっと考えた。やがて「わたしはみなしごだった」と言った。「ジョーおばさんのところで暮らすことになった。でも自分が小人なんだと気づいたとき、わたしはカーニバルにくっついて逃げ出した。そこで何年か過ごしたあとで人喰いと出会って、彼のもとで働くことになった。さて……」彼女は唇を舐めた。「ジョーおばさんは再婚して、ふたりの子供を産んだ。最初の子は死んで、二番目に生まれたのがあなた。やがてあなたも小人だったとわかると、おばさんはあなたにつらくあたるようになった。だからあなたは逃げ出した。しばらくは夏季興行の劇団で働いていた。すると裏方のひとりが——大道具方ね——あなたを気に入った。そして昨夜あなたを捕まえて木工場に連れこみ、ひどいことをした——あなたが話すこともできないようなひどいことを。わかった？　彼になにか聞かれたら、泣けばいいの。ぜんぶ頭に入った？」

「うん」ホーティーはこともなげに言った。「ぼくのベッドはどっち？」

ジーナは顔をしかめた。「いい子ね——でもものすごく大事なことなの。わたしが言ったことを一言一句（いちごんいっく）覚えてなくちゃいけないのよ」

「うん、覚えたよ」とホーティーは言った。そして驚きを隠せないジーナの前で、彼女の言ったことをすべて、ひと言も漏（も）らさずにすらすらと並べた。

「すごい！」と彼女は言い、ホーティーにキスをした。彼は赤くなった。「ほんとに覚えがいいのね！　すばらしい。じゃあ続きね。あなたは十九歳で名前は——うーん——ホーテンス。（いつかだれかに「ホーティー」と呼ばれてあなたがうっかり振り返ったとき、人喰いに見られてもいいようにね。）でもみんなはあなたをキドーと呼ぶ。いい？」

「十九歳でホーテンスでキドー。わかった」

「よろしい。ああホーティー、ごめんね、覚えなきゃいけないことを一度にこんなにたくさん伝えて！　じゃあ、ここからはわたしたちふたりだけの話。まずあなたは絶対に、絶対にジャンキーのことを人喰いに知られてはいけない。ここに彼の隠し場所を作るから。そしてあなたは、ジャンキーのことをわたし以外のだれにも話しちゃだめ。約束できる?」

ホーティーは目を見開いてうなずいた。「うん、わかった」

「よし。それからもうひとつ、これも同じくらい大事なことよ。人喰いがこれからあなたの手を治療する。大丈夫、彼は名医だから。でももしできればあなたには、使い終わった包帯も、ほんの小さな綿の切れ端も、ぜんぶわたしのほうによこしてほしいの――それも彼に気づかれないようにね。あなたの血は一滴でも彼のトレーラーに残したくない、わかった?一滴もよ。わたしは後片付けを申し出る――彼は喜ぶわ、片付けるのが嫌いだから――でもあなたもできるだけ協力すること。いい?」

ホーティーは約束した。ちょうどそのときバニーとハバナがドアをドンドン叩いた。最初にホーティーが、悪いほうの手を後ろに隠して出た。ふたりが彼にジーナと呼びかけると、ジーナがバレエのピルエットのようにくるくる回って笑いながら出てきた。彼らは目をむいてホーティーを見つめた。ハバナは葉巻を落として「へえ」と言った。

「ジー、彼ほんとにきれい!」とバニーが叫んだ。

ジーナは小さい人差し指を立てた。「彼女ほんとにきれい、でしょ。忘れないでよ」

「すっごくへんな気分だよ」とホーティーは言い、スカートを引っ張った。

「そんな髪、いったいどこにあったんだ?」

「かつらをいくつか持ってたの。いいでしょ?」

「じゃその服は?」

「買ってたけど着なかったの」とジーナは言った。「胸のサイズが合わなくて……そんなことはいいから、ほら、みんな。人喰いを起こしにいきましょ」

彼らはトレーラーのあいだを進んだ。「もっとちょこちょこ歩いて」とジーナが言った。「そっちのほうがいいわ。ぜんぶ覚えてる?」

「うん、もちろん」

「いい子——いい娘ね、キドー。もし彼に質問されてどう答えていいかわからなかったら、笑うのよ。それか泣いて。わたしがついてるからね」

テント脇に長い銀色のトレーラーが停まっていて、そこにシルクハットの男が描かれた鮮やかな色のポスターが貼られていた。長くぴんと尖った口髭をした男の目からはジグザグの稲妻が出ている。その下には燃えるような字体でこう銘打たれていた——。

あなたはなにを考える?

メフィストにはお見通し。

「彼の名前はメフィストじゃないの」バニーは言った。「名前はモネートル。カーニーをやる前は医者だった。みんなは人喰いって呼んでるけど、彼は気にしてないわ」

ハバナがドアを叩いた。「おーい、人喰いさん！　お昼を過ぎても寝てるつもり？」

「おまえはクビだ」銀のトレーラーからうなり声がした。

「はいはい」ハバナはこともなげに言った。「出てきておれたちが連れてきたやつを見てくださいよ」

「そいつを給与台帳に登録しろというなら断る」眠たそうな声がそう言った。なかでごそごそ動く音がした。バニーがホーティーをドアのそばまで押し、ジーナに隠れるよう手を振った。ジーナはトレーラーの壁にぴったりとくっついた。

ドアが開いた。そこに立っていたのは、背が高く、死人のようにやつれ、頬はこけ、長くて青っぽい顎をした男だった。早朝の光のなかで、目は頭部についた三センチほどの黒いくぼみにしか見えなかった。「なんだ？」

バニーはホーティーを指さした。「人喰いさん、これだれだ？」

「だれだって？」彼は目を細めてじっと見た。「もちろんジーナだ。おはよう、ジーナ」彼の声がとつぜんうやうやしい調子になった。

「おはよう」ジーナが笑って、ドアの後ろから躍り出た。

人喰いはジーナからホーティーに視線を移し、また戻した。「ああ、わたしのふところがまた痛む」彼は言った。「姉妹芸人というわけだ。そしてわたしが彼女を雇わなければおまえも辞めるんだろう。それからバニーとハバナも辞めるんだ」

「さすがは読心術師だ」とハバナは言い、ホーティーをつついた。

「名前はなんだ、妹さん？」

「父さんはわたしにホーテンスってつけました」ホーティーは暗唱した。「でもみんなからはキドーって呼ばれます」

「その名前じゃ無理もないな」人喰いはやさしい声でそう言った。「これからわたしがすることを言うからね、キドー。きみたちを試そうじゃないか。キドーはこの敷地からとっとと出ていきなさい。それが気に入らないなら、おまえたちも彼女についていくといい。今朝十一時におまえたちがこの会場にひとりも残っていなかったら、それでどんな決断をしたかがわかるというものだ」彼はそっと、しかしこの上なくしっかりとドアを閉めた。

「ああ——だめか！」ホーティーは言った。

「大丈夫だ」ハバナがにやりと笑った。「本気で言ったんじゃないよ。ほぼ毎日、全員をクビにしてるんだからな。ほんとにそうするなら、これまでの給料を払うよ。ジー、彼を呼び出せ」

ジーナはげんこつでアルミ製のドアを軽く叩いて「人喰いさん！」と歌うように言った。

「おまえたちの給料を計算しているところだ」なかから声がした。

「それはそれは」とハバナが言った。

「お願い。一分だけ」とジーナが声を上げた。

ドアがまた開いた。人喰いは片手いっぱいに紙幣を握っていた。「なんだ？」

ホーティーは、バニーが「うまくやるんだよ、ジー。うまくやって！」とささやくのを聞いた。

ジーナはホーティーに手招きした。彼はおそるおそる進み出た。「キドー、手を見せてあげて」

ホーティーは損なわれた手を広げた。ジーナが血の滲む汚れたハンカチを一枚ずつ剝がしていった。内側の布はしっかり張り付いていて、ジーナがそれを動かすとホーティーはうめいた。だが、三本の指が完全に失われ、残りの部分もひどい状態にあるのを人喰いの経験豊かな目が見てとるには、それで十分だった。

「なんでこんなことになった、お嬢さん？」と彼は吠えた。ホーティーは怯えて後ずさった。

「キドー、そっちでハバナと一緒にいて。ね？」

ホーティーはほっとして後ろに下がった。ジーナは声を潜め、早口で話しはじめた。ホーティーには一部分しか聞こえなかった。「ひどくショックを受けてるの。ぜったいに思い出させないで……大工が……あの娘を工場に連れていって……あの娘は……それで手が万力に」

「わたしが人間を憎むわけがわかっただろう」人喰いはうなるように言った。それから彼女になにか質問した。

「いいえ」ジーナは言った。「なんとか逃げられたから。でも手が……」

「ここに来なさい、キドー」と人喰いが言った。ホーティーの視線はその顔に釘付けになった。細く刻まれた裂け目だった鼻腔がとつぜん大きく広がる丸いふたつの穴になり、鞭のような声はそこから飛び出してくるようだった。ホーティーは真っ青になった。

ハバナが彼をそっと押した。「行け、キドー。彼はもう怒ってない。おまえをかわいそうに思ってるんだ。行け！」

ホーティーはゆっくりと進んで、おずおずとトレーラーのステップを踏んだ。「入りなさい」

「あとでな」とハバナが声をかけ、バニーと一緒に背を向けた。ホーティーとジーナの背後でドアが閉まるときにホーティーが振り返ると、バニーとハバナは厳かに握手を交わしていた。

「そこに座りなさい」と人喰いは言った。

トレーラーのなかはびっくりするほど広かった。一番前のスペースいっぱいにベッドが置かれ、一部にカーテンが引かれていた。こぎれいな調理室、シャワーと金庫、大きなテーブルと飾り棚、それにこの一室に収まるのが信じられないほど大量の本があった。

「痛い?」とジーナが小声で訊いた。

「そんなに」

「心配にはおよばん」人喰いはうなり、アルコールと綿と皮下注射器のケースをテーブルに置いた。「これからすることを説明しよう——ほかの医者とはやりかたが違うからな——まずおまえの腕全体の神経を麻痺させる。針を刺すときは痛むだろうが、蜂に刺された程度だ。すると腕がすごくおかしな感じに、ふくらんでいく風船みたいになる。それから手をきれいにするんだ。痛みはない」

ホーティーは人喰いにむかって微笑んだ。この男のなかにあるなにかが——恐ろしい声色の変化と意表をつくユーモア、やさしさと冷酷なオーラが、少年をとほうもなく魅了していた。そこには蟻を食べたのも気にしなかった小さなケイのようなやさしさがあった。それにアーマンド・ブルーイットのような冷酷さもあった。とにかく人喰いは、ホーティーにとって過去とのつながりの役を果たしていた——すくなくとも、いまのところは。「やってください」ホーティーは言った。

「いい子だ」

人喰いが手術に専念するあいだジーナはそれを夢中で見つめ、邪魔にならないようにてきぱきと片付け、彼が使いやすいように道具を整理した。人喰いはあまりにも熱中していたので、もし「キドー」についてもっと尋ねたいことがあったとしても忘れてしまっていた。

手術が終わると、ジーナが後片付けをした。

5

ピエール・モネートルはあと三日で十六歳というときに学部を卒業し、二十一歳のときに医科大学を出た。執刀した簡単な虫垂(ちゅうすい)切除手術で患者がひとり命を落としたが、それはピエール・モネートルの過失ではなかった。

だが、ひとりの病院理事がその手術のことで彼を侮辱(ぶじょく)した。モネートルはしつこく抗議し、相手の顎の骨を折ってしまった。彼はただちに手術室への出入りを禁じられたが、その理由としてうわさになったのは虫垂手術のことだけだった。あえて弁明する必要もないと思えることを世間に立証するかわりに、彼は病院を辞めた。そして酒を飲みはじめた。酒浸り(さけびた)の姿を、これまで才能と技術を見せつけてきたように世間に見せつけ、そして自分の評判を呪(のろ)った。これまでは才能と技術の評判に助けられてきたが、酒浸りの評判は彼を世間から締め出した。

彼は酒浸りを乗り越えた。アルコール依存は病気そのものではなく、症状だ。アルコール依存に決着をつける方法はふたつある。ひとつはそれを引き起こしている疾患(しっかん)を治すこと。もうひとつはいまの症状をべつの症状と取り替えること。後者がピエール・モネートルのやりかただった。

自分を追い出した者たちを見下すことに決めると、おのずと残りの人類すべても見下すことになった——なぜならどちらも同類だったから。

彼はその嫌悪感を楽しんだ。憎悪の尖塔（せんとう）を建て、そこから世界をあざわらった。そのときはまだ、それだけの高さがあれば十分だった。そうしていると貧窮（ひんきゅう）したが、裕福さは、彼が軽蔑する世界において価値のあることだったので、貧しささえも彼は楽しんだ——しばらくのあいだは。

だがそんな態度の男は鞭をもった子どものようなもの、あるいは艦隊をもつ一国の主のようなものだ。しばらくは人目にさらされながら、さえぎるもののない場所で自分の力を誇示していればよかった。だが鞭はいずれぴしゃりと打たれなくてはならないし、ライフルはずどんと放たれなければならない。彼も立場を表明する以上のことをしなければならない、行動しなければならない。

ピエール・モネートルは反体制グループのもとでしばらく働いた。どのグループかとかそれがなにを標榜（ひょうぼう）しているかとかは重要ではなく、いまの多数派の構造を破壊することがねらいならなんでもよかった。彼はこれを政治だけにかぎらず、伝統的な画廊に現代の抽象絵画を持ちこむために手を尽くしたり、弦楽四重奏団の前で無調音楽についてしつこく論じたり、ベジタリアンのレストランの配膳台に牛肉のエキスを浴びせたりし、その他多くの愚かでちゃちな反抗——けっきょくはおのれの利益のためでしかなく、どんな芸術や音楽や食のタブーも揺さぶらない反抗——にも従事した。

彼の嫌悪はどんどん激しくなってゆき、やがて愚かでもちゃちでもなくなっていた。気づくとまたもやその感情を表明する方法がわからなくなっていた。服がくたびれてゆき、みすぼらしい屋根裏部屋を追い出されて転々とするうちに、苦々しい思いはどんどん深まった。けっして自分は責めず、人類に不当に苦しめられていると感じていた——彼にとって根本的に下等な存在である、人類に。そんなとき突然、彼は望んでいたものを与えられた。

彼は食べていかなくてはならなかった。彼をむしばむ憎悪のすべてはその事実に注ぎこまれた。食べることから逃れるすべはなく、食べていくためには、当面は人類の一部にとってそれなりに価値のある仕事をするしかなかった。我慢ならなかったが、自分がやることの対価を人類に払わせる方法はほかになかった。それで医学の経験をいかし、生物学研究所で細胞分析をする仕事についた。人間にたいする憎しみも、好奇心と探究心に満ち、才気あふれる彼の精神の特質を変えはしなかったのだ。彼はその仕事に愛着を感じ、憎んだのはそれが人々の役に立つということだけだった——雇い主と客のほとんどは、医者とその患者たちだった。

彼の住まい——かつては馬小屋だったところ——は小さな町のはずれにあり、そこにいれば森のなかをひとりきりで長々と散歩し、奇妙な考えを温めることができた。彼が人間的なもののいっさいから何年間も背を向けてきたからこそ、とある秋の午後にそれを発見し、検分する好奇心を抱くことができたのだろう。彼が並外れた経験と才能を持ち合わせていたからこそ、それを解明する方法が分かったたのだろう。そしてきっと、そんな社会が生んだ怪物である彼だからこそ、それを利用することができたのだ。

彼が見つけたのは二本の木だった。

どちらも、ほかの木とくらべてなんの変哲もない木だった——オークの若木で、成長初期のなんらかのアクシデントで曲がっていたが、若々しく、元気だった。もし彼がそれぞれを単体で見ていたら、どれほど経ってもどちらにも気をとめなかっただろう。だが彼はそれをひとまとめに見た——視線を二本のあいだに滑らせ、眉を上げてかすかに驚き、また歩き続けた。それから立ち止まって引き返し、二本の木の前に立ってじっと見つめた。彼はとつぜん蹴飛ばされたようにうめき、互いに六メートルは離れた二本のあいだに立ち、あちらとこちらを呆然と見つめた。

ふたつの木は同じ大きさだった。どちらも節くれだった主枝がくねって北に伸びていた。どちらにも、そこから伸びた最初の若枝にうねるような傷があった。それぞれの主枝の最初のふさには葉が五枚ついていた。

モネートルはさらに近くに立ち、視線を木から木へ、上に下に、一本からもう一本へと向けた。

ありえないものが見えていた。平均の法則にならえば、ふたつのまったく同一の木々も存在しうるが、その確率は天文学的だ。「ありえない」というのが、そのような統計値に妥当な言葉だった。

モネートルは手を伸ばして片方の木から葉を一枚ちぎり、もう一本からもその対応物を取った。

二枚は同一だった——葉脈も、形も、大きさも、肌理も。

モネートルにはそれで十分だった。彼はまたもうなり、鋭くあたりを見回して位置を記憶し、全速力で小屋に引き返した。

彼は夜遅くまでオークの葉にかかりきりになった。目が痛くなるまで拡大鏡を覗いた。家にあるもの（酢、砂糖、塩、フェノール少々）で溶剤を作り、そこに葉の一部を浸した。もう一枚の同じ部分を希釈したインクで染めた。

解明したことがあれば朝に研究所に持ちこみ、くりかえし確認した。定性分析、定量分析、容積と発火温度と比重のテスト、分光写真とpH値測定——すべての結果が同じことを伝えていた。この二枚の葉は信じがたいほどまったく同一のものだった。

興奮しきったモネートルはそれから数ヶ月、木々のさまざまな部分に熱中した。職場の顕微鏡も同じことを告げた——上司にかけあって使った、研究所のガラスケースに保管されていた三百倍の顕微鏡でも同じ結果が出た。二本の木はまったく同じものだった、葉だけではなく、細胞単位で。樹皮、形成層、心材、どれも同じだった。

　標本抽出作業をしつこく続けていると、次の手がかりがあらわれた。彼は木々をこの上なく几帳面に測定し、サンプルを採取していた。円筒状に穴を開けるドリルで木Aから採取すると、木Bの寸分たがわぬ場所でも同じことを繰り返した。ある日モネートルは両方の木にドリルの位置を定め、まず木Aからサンプルを採ったが、取り外すときにドリルが壊れた。もうひとつの木から標本を採るまえだった。

　もちろん彼はドリルを責め、おのずとその製造者を責め、おのずとすべての人間を責め、息巻いて家に帰った。幸いにも、怒ることは彼の得意分野だった。

だが翌日にそこへ戻ったとき、木Bにも穴が空いているのに気がついた。木Aの工具を差しこんだところと、ぴったり対応するところに。

　彼は正体不明の穴に指を置いて立ちつくした。活発な頭脳も、かなりの長いあいだ完全に停止していた。それから慎重にナイフを取り出すと木Aに十字の傷をつけ、木Bの同じ場所には三角形を刻みつけた。深くしっかりと切れ目を入れてまた家に戻ると、細胞構造についての難解な本をさらに読みすすめた。

森に戻ると、両方の木に十字がついているのを見つけた。

さらに多くのテストをした。それぞれの木に奇怪な図形を刻みつけた。色を塗りつけた。

彩色や釘付けした板などの表面を覆うものは、彼が加えたときのままだとわかった。だが切れ込みや削り跡や傷や穴など、木の構造に影響をあたえるものはすべて、木Aから木Bへと再現された。

木Aがオリジナルなのだ。木Bはある種の……複製（コピー）だった。

ピエール・モネートルは二年かけて木Bを研究し、複製の機能そのものは解明できないながらも、電子顕微鏡の助けを借りてついにその異質性をつきとめた。木Bの細胞の細胞核にはひとつの巨大な分子があり、炭化水素生合成酵素に似たその分子が諸成分を変化させていた。樹皮や葉の組織から細胞が三つ取り去られると、一時間のうちに同数の細胞が補われることになる。消耗した変種（フリーク）の酵素は、一時間か二時間休息したあと、周囲の組織からひとつずつ原子を捕獲しながら、ゆっくりと復元しはじめる。

損傷した組織が復元する仕組みは、本質的に不可思議な働きである。どんな生物学者でも、細胞が修復するときになにが起こっているのかはっきりと説明できる——どんな代謝（たいしゃ）の要因があり、どのように酸素交換が起こり、あらたな細胞がどんな速度と広さで、なにを目指して発達するのかを。だがそれがなぜ起こるのかを説明できる者はいない。いったいなにが破壊されかけた細胞に「はじめ！」の合図を出すのか、そしてなにが「やめ！」と告げるのか。ガンがこの制御機構の異常作用だということはだれもが知っているが、その機構自体がなんであるのかはだれにも説明できない。これがごく普通の組織に言えることだった。

だがピエール・モネートルの木Bはどうだろう？　その復元の仕方はけっして普通ではない。それは木Aを複製するという形でのみ復元するのだ。木Aの小枝に傷をつける。木Bの対応する小枝を折って持ち帰る。十二から十四時間後、Bから折られた小枝は、傷つけられた状態へと自身を修正（リフォーム）する困難なプロセスに乗り出す。それが終わると活動は止まり、なんの変哲もない枝になる。そこで木Bに戻ると、べつの小枝が復元されていて、そこにも完璧に複製された傷がついている。

ここにきて、さすがのピエール・モネートルも行き詰まった。細胞の再生は神秘だ。細胞の複製となると、さらにはかりしれない謎だった。だがこの異様な複製が、どこかで、なんらかの方法で制御されているのは間違いなく、モネートルはなにがそれを引き起こしているのかを粘り強く突き止めようとしていた。

彼はラジオを聴いて発信源を探している未開人だった。女性に愛していないと手紙で告げられた主人の苦悶（くもん）の叫びを聴いている犬だった。十分な手段もなく、面前に突き出された答えを理解する程度の能力さえ持たないまま、結果を前にしてどうにかその原因を見極めようとしていた。

モネートルのかわりにそれを見極めたのは、火事だった。

彼の姿を見かけたことがあった数少ない人々――それ以上深く彼を知っている者などいなかったが――は、彼が有志の消防隊に加わったのに驚いた。その年の秋、炎が風に煽られ、煙がおそろしい勢いで山々に広がった。それから何年ものあいだ語り継がれたのは、ひとりの痩せた男が、地獄からの解放を約束された亡霊のように火と戦った伝説だった。人々は語った――あらたに消火用の道を切り開くことが話し合われたとき、痩せた男が森林警備員に詰め寄り、防火線を予定の場所からあと九十メートル北に動かさないと殺すぞと脅したんだ、と。痩せた男は、炎にみずからの汗をそそぎながら森のとある一角を守りぬき、向い火を放つ戦いで歴史に残った。向い火のへりにまで炎が迫ると人々はちりぢりに逃げ出したが、痩せた男は彼らと行動を共にせずにそこにとどまり、二本のオークの若木のあいだで煙にいぶされている苔の上にかがみこむと、血の流れる手でシャベルと斧をつかみ、これまで木に触れたどんな火よりも熱い炎をその目に宿した。人々はその一部始終を見ていた――。

だが人々は、木Bが震えだしたのには気づかなかった。彼らはモネートルと違い、彼にまとわりつく熱と煙と重苦しい暗雲のような疲労の奥にあるものに目を凝らせなかった。そしてこの男の科学者としての精神が、木Bの震えが十五メートル先の空き地でうねる炎にぴったりタイミングをあわせているのに気づくのも、見逃した。

彼はそれを充血した目で見つめた。岩だらけの空き地に炎が触れると、木Bが震えた。炎が暴風に煽られた髪のように大地から引っ張り上げられ、火が上方に揺れて流れると、木Bはぴたりと止まった。だが悶えるような冷たい突風が熱で生じた真空にどっと吹きこみ、それになびいた炎の指が地面を撫でると、木は揺れてこわばり、ゆらめき、震えた。

モネートルは皮があちこち剝がれた身体を引きずって空き地に行き、炎を見た。あっちで赤橙色の火が槍のように立ち上ると、木はぴたりと止まる。こっちで炎の舌が地面をひと舐めすると、木が動く。

こうして彼は、露出した玄武岩の下にそれを見つけた。指を焼かれながら岩をひっくりかえすと、その下に泥だらけの水晶があった。それを脇の下に押しこんでよろめき、ふらふらと二本の木のところに戻ると、木々は彼が悪魔じみたエネルギーを注いで土と汗と火で作った小島のなかにあり、彼がオークの若木のあいだに倒れこむと、火ははげしい音を立てて彼のそばを通り過ぎていった。

夜が開ける直前、彼は悪夢のような、突き刺すような恐ろしい灼熱のなかをよろめきながら家に戻り、水晶を隠した。足を引きずって町のほうへとさらに四百メートル進み、昏倒した。意識が戻ると病院にいて、彼はすぐにここから出せと訴えた。はじめ医師たちはだめだと言い、次に彼をベッドに縛りつけたが、けっきょく彼は出ていった――夜中に窓を抜け、彼の宝石があるところへと。

彼がぼろぼろで狂気のふちにいたからかもしれないし、意識的思考と無意識的思考の融合が完了しようとしていたからかもしれない。彼が精力と探究心に満ちた特別な頭脳を持っていたからというのが、もっと正確かもしれない。確かなのは、これまで――たとえいたとしても――ひと握りの者しか成し得なかったことを、彼がやってのけたということだ。彼は宝石との交信を確立したのである。

使ったのは憎悪という武器だった。宝石がしんとして素知らぬふりをしつづけるなか、彼はあらゆる実験を行った――なにをするにも勇気が必要だった。慎重にならざるをえなかったのは、それが生きているとわかったからだ。顕微鏡が告げるところによると、それは水晶ではなく過冷却液体だった。単一の細胞が多面体になったもので、凝固液の内部はコロイド、屈折率はポリスチレンに近く、彼には理解できない複雑な細胞核があった。

解明を求める強い思いは、用心深さとぶつかった。熱や腐食や衝撃を過度にあたえるような実験は控えなければならなかった。はげしく苛立った彼は、何年もかけてはぐくまれ、磨き抜かれた憎悪の一撃を水晶に送った。するとそれが――叫んだ。

音はなかった。それは心に感じた圧力だった。言葉はなかったが、その圧力は苦痛に満ちた否認であり、「やめろ」と言っているかのような衝撃だった。

ピエール・モネートルは使い古したテーブルの前に座ったまま固まり、部屋の暗闇のなかで宝石を見つめた。それはデスクランプの光の輪のなかに置かれていた。彼はかがみこんで目を細め、心の奥底から――なにしろ彼の理解を拒むあらゆるものに獰猛(どうもう)なまでの反感を抱いていたから――また衝撃波を送り出した。

「やめろ！」

それは熱した針でつつかれたように、あの音のない叫びで反応した。

もちろん彼は圧電気という現象を知っていた。石英やロッシェル塩の結晶は圧搾(あっさく)されるとわずかに電位を生み出し、逆に電圧が加えられると、容積がわずかに変化する。ここにあるのはそれと似た現象だったが、すべての宝石が真の意味での結晶体とは限らない。彼の思念の衝撃波は、まちがいなく宝石から思念の「周波数」ともいうべき反応を引き出していた。

彼はじっくり考えた。

尋常ではない木が存在した。仕組みはわからないが、十五メートル離れたところに埋まっていたこの宝石とつながっていた――炎が宝石に近づいたとき、木が震えたのだ。

それに宝石を憎悪の炎で打つと、反応した。

宝石があの木を、もう一本の木をモデルにして作り上げたというのだろうか？　だとするならどうやって？　どうやって？

「方法はいい」モネートルはつぶやいた。時が来ればわかるだろう。これを痛めつけることはできるのだ。法と罰は苦痛をもたらす。圧制も苦痛をもたらす。力とは、苦痛を与える技能のことだ。この驚くべき物質は彼が命じることをするしかなく、さもなければ死ぬまで打ちすえられることになるだろう。

彼はナイフをつかみ、外に駆けだした。古ぼけた馬小屋のそばに生えていた若いバジルを、欠けはじめている月の光をたよりに掘り起こし、コーヒー缶に植え替えた。もうひとつの同じような缶には土を詰めた。それらを屋内に運び込むと、ふたつめの缶に宝石を埋めた。

テーブルについて気持ちを落ち着け、特殊な精神力を一点に集中させた。彼は自分自身の精神に非凡な力をおよぼせることに気づいていた——曲芸師が肩の筋肉や腿（もも）や腕の一部をそれぞればらばらに跳ねさせたり、ぴくぴく動かしたりできるのと似ていた。彼は電子楽器のチューニングのようなことを頭のなかでやった。精神的エネルギーを、宝石を痛めつけることのできる特定の「波長」にあわせ、いきなり、どっと吐き出した。

彼は何度も宝石に打ちかかった。そして宝石を休ませているあいだ、容赦ない精神の殴打のなかに具体的な命令をこめようとした。彼はしなだれたバジルの茂みを思い描き、ふたつめの缶のなかに描きこんだ。


ひとつを育てろ。

それをコピーしろ。

もうひとつ作れ。

ひとつを育てろ。


彼はその要求でくりかえし宝石を打ち、殴った。それがすすり泣く声が聞こえてくるようだった。あるとき彼は、心の奥底でいくつかの印象が万華鏡（まんげきょう）のようにちらちらと明滅するのを感じた――オークの木、火、星でいっぱいの黒い虚空（こくう）、樹皮の三角形の切れ込み。ほんの一瞬の出来事で、長くはくりかえされなかったが、それらの印象が宝石から来たものだとモネートルは確信した――なにかを訴えているのだ、と。

それは屈服したのだ。降参したのが感じとれた。彼はおまけにもう二回殴りつけてから床（とこ）に就（つ）いた。

翌朝、そこにはふたつのバジルの鉢があった。だがひとつは奇形（フリーク）だった。

6

カーニバルでの生活はゆっくりと変わり映えせずにすぎてゆき、あたらしい季節は前の季節の尻尾をつかんでいた。その年月はホーティーに三つのものをもたらした。居場所と、ジーナと、影をともなう光である。

人喰いが彼の――「彼女」の――手を治療し、傷跡がピンク色に盛り上がってきたころ、新入りの小人は受け入れられた。そこになじんで真に役立ちたいという明るく熱烈な気持ちをホーティーが全身から放っていたのに加えて、もしかしたら人喰いの気まぐれや迂闊（うかつ）さも手伝ったのかもしれないが、とにかく彼はそこにとどまることができた。

カーニバルにおいては、小頭症（ピンヘッド）の芸人たち、雑用係たち、客引きとサクラたち、踊り子と火喰い男と蛇男と乗り物の整備士たち、会場マネージャーたちと先発員たちがみな共通の願いを抱いており、その願いは肌の色や性別や人種や年齢の違いを超えていた。彼らはカーニーであり、だれもが見物人（チップ）をかきあつめて向かわせる――これはカーニバル用語で、観衆を集めて並ばせ、もぎりの前を通過させることを意味する――ことに関心を向けていた。このために、このためだけに彼らは働いた。そしてホーティーもその一員だった。

ホーティーの歌声は出し物のなかでジーナの歌声の一部となり、彼らの出番は〈ベッツとバーサ〉という、あわせて三百キロ以上もある姉妹チームのあとだった。〈ザ・リトル・シスターズ〉と謳(うた)われたジーナとキドーは、まず前座の陽気な風刺劇(バーレスク)とともに登場し、たくみな歌とダンスからなる自分たちの演目に移り、その締めくくりに客を戸惑わせるようなヨーデルの二重唱を披露した。キドーの声は明瞭で音程もしっかりしており、オルガンの鍵盤のようにジーナのコントラルトと混ざり合った。ふたりは〈キディーの村〉にも出演した。そこはミニチュアの町で、消防署や市庁舎やレストランをすべて子供サイズでそなえていた——大人は立ち入り禁止だ。田舎町の縁日で、ホーティーは目を丸くしたそばかす顔のちびっこたちに薄いお茶とクッキーを出しながら、彼らがこの魔法の町に感じた驚きや信じる気持ちの一部を感じ取った。あれの一部……これの一部……なにかの一部であることが、キドーがやることすべてについてまわる、奥深く、ぞくぞくするようなテーマになった。キドーはホーティーの一部であり、ホーティーは世界の一部であり、それはいままでに経験したことのない感覚だった。

カーニバルの四十台のトラックはロッキー山脈をうねって進み、ペンシルベニア・ターンパイクに沿って列になって走り、オタワ州の共進会場に騒々しく乗りこみ、フォートワースの博覧会に混ざっていった。ホーティーは十歳のときに大女ベッツの出産を手伝ったが、とくになんとも思わなかった。なぜならそれは、思いがけない出来事があたりまえであるようなカーニーの生活の一部だったからだ。あるときひとりのピンヘッド――フリーク・ショーの片隅で喉を嬉しそうに鳴らしてくすくす笑っていたご機嫌で愚鈍な小人――が、洗濯用洗剤を飲んでホーティーの腕のなかで死んだことがあった。そのぞっとするほど真っ赤にただれた口と苦痛と混乱の宿った目は、ホーティーの記憶のなかで傷跡になった――その傷跡はキドーの一部になり、キドーはすなわちホーティーで、ホーティーは世界の一部だった。

　ホーティーにもたらされたふたつめのものはジーナだった。彼女が手となり目となり頭となってくれているあいだ、彼はここでの生活のリズムをつかみ、小人の少女でいることをいともすんなりと学んだ。ジーナこそ彼に居場所をあたえた人であり、彼の飢えきった自我はそれをめいいっぱい吸収した。彼女はたくさんの本を読み聞かせた――深く表情豊かな声でさまざまな本を読み、物語のなかのあらゆるキャラクターをほとんど無意識に演じ分けていた。彼女はまた、ギターとレコードでホーティーを音楽の世界にも導いた。彼はなにを学んでも変わらなかったが、学んだことはなにひとつ忘れなかった。ホーティー／キドーの直感像記憶のなせるわざだった。

ハバナはつねづね手のことを不憫がった。ジーナとキドーは出し物のときに黒い手袋をつけたが、それはちょっと妙な眺めだったし、もしふたりそろってギターを弾けたらもっといい出し物になるはずだった。だがもちろんそれは論外だった。夜になると、ときどきハバナはバニーに言ったものだった、ジーナの指はすり減ってなくなっちまうぞ、もし舞台で一日中弾いたうえ、夜もホーティーを楽しませるために弾いてたら、と。なにしろあいつら、むせび泣くようなギターを何時間も鳴り響かせてからやっと寝てるんだから。バニーは眠たそうに、自分がなにをやってるかくらいジーナはわかってるよ、と言った——その見解はもちろん、完全に正しかった。

ジーナは自分がなにをしているのかをはっきり知りながら、ハディーをカーニバルから追い出した。その後味の悪さはしばらく尾を引いた。そうするためにはカーニーの掟を破ることになったが、彼女はどこまでもカーニーの人だった。簡単なことではなかった、なによりハディーに落ち度はなかった。ハディーは雑用係で、広い背中に、大きくて優しそうな口元の持ち主だった。ジーナに心酔していて、キドーのこともそのひそかな献身のなかに喜んで迎え入れた。町で買ってきたクッキーや安っぽい小さな飾りピンをふたりに贈り、彼らがリハーサルしているときには呼びこみ人の演壇に身を寄せて、舞台から見えないところにしゃがみこみ、うっとりと聴き惚れていた。

クビになったとき、ハディーはふたりのトレーラーに別れを告げにきた。髭は剃りたてで、既製品のスーツはぜんぜん身体に合っていなかった。彼はステップに立ち、手にはくたびれた麦藁製のかばんを持っていた。胸の内には、うまくまとまらず、絞り出せないでいる言葉があるようだった。「クビになったよ」ついに彼はそう言った。

ジーナは彼の顔に触れた。「人喰いは――人喰いは理由を言っていた？」

ハディーは首を振った。「ただおれを呼んで、ひまをやるって。おれなにもしてないんだ、ジー。おれ――おれはでもあの人になにも言わなかったんだけどさ。おれを見る目が、いまにも殺すぞって感じで。おれは――おれはただ……」彼はまばたきしてスーツケースを置き、袖で目を拭った。「これ」と彼は言った。胸ポケットに手を入れ、小さな包みをジーナに押しつけると、背を向けて走り去った。

寝台に座り、目を見開いてやりとりを聞いていたホーティーは言った、「えっ……ジー、彼、なにをやったの？　めちゃくちゃいいやつなのに！」

ジーナはドアを閉め、小包を見た。金色のギフトペーパーに包まれて、いくつもの、よれよれの輪になった赤いリボンがついていた。ハディーの大きな手はこれを作るのに一時間はかけたにちがいなかった。ジーナはリボンをするりとほどいた。なかから出てきたのは薄絹のハンカチだった。けばけばしくて安っぽく、そしてなによりも輝かしい贈り物――ハディーが何時間もかけて苦心して探し、選んできたものだった。

ホーティーはとつぜん、ジーナが泣いていることに気づいた。「どうしたの？」

彼女は横に座ってホーティーの手を取った。「わたしが人喰いのところに行って、ハディーに——つきまとわれてるって言ったの。だからクビになったの」

「でも——ハディーはきみになにもしてないじゃないか！　悪いことはしてない」

「わかってる」ジーナはささやいた。「そう、わかってるの。嘘をついたの。ハディーは出ていかなきゃいけなかった——いますぐに」

ホーティーは彼女を見つめた。「これぱっかりはわかんないよ、ジー」

「いま説明してあげる」彼女はゆっくりと言った。「聴くのはつらいと思うよ、ホーティー。でももっとつらいことがまた起こるのを防いでくれるかもしれない。聴いて。あなたはなんでも覚えているでしょう。昨日あなたはハディーと話してた、覚えてる？」

「ああ、あれね。彼とジェミーとオールとスティンカーが杭を打っているのを見てたんだ。あれを見るのが好きでさ。輪になって立って、あのでっかくて重いスレッジ・ハンマーでまずはそっと叩くんだ——コン、コン、コン、コン——それから順番にふりかぶって力一杯打つ——ゴン、ゴン、ゴン、ゴン、ゴン！——それが速いのなんのって！　そうやってボロい杭が地面に溶けてくんだ！」彼は言葉を切り、目を輝かせた——まるでハンマー係たちがくり出す機関銃のリズムをいままさに見て聴いているかのようだった。彼のサウンドカメラ的知性は、その場面のありとあらゆる細部を記録していた。

「そうよね、ホーティー」とジーナは辛抱強く言った。「それであなたはハディーになんて言った？」

「鉄の輪が巻かれた杭のてっぺんを触ってみたら、まんべんなくギザギザになってた。ぼくは言った、『うわ、ぜんぶ潰れてる！』そしたらハディーがこう言ったんだ、『おれたちが打ってるときに手を置いてたら、ぐしゃぐしゃだぞ』ぼくは彼に笑って言った、『そうなってもずっとは苦労しないわ、ハディー。また生えてくるから』それだけだよ、ジー」

「ほかにはだれも聞いてなかったでしょうね」

「うん。みんな次の杭を打ちに行ったから」

「いいわ、ホーティー。ハディーはね、あなたが彼に言ったことのせいで出て行かなきゃいけなくなったの」

「でも――でも彼も冗談だと思ってたよ！　笑ってたし……ぼくはなにをしたの、ジー？」

「ホーティー、ねえ、わたし言ったよね、あなたの手や、それが切られても生え変わってくることや、それを匂わせるようなことはなにも、ほんのちょっとでも、ひと言でも話しちゃだめだって。左手にはいつでも手袋をしていなくちゃいけないし、なにをするときにも絶対――」

「――三本のあたらしい指は使っちゃだめだって？」

ジーナは勢いよく彼の口をふさいだ。「そのことを話しちゃだめ」と小声で制した。「わたし以外のだれにも。だれも知っちゃだめなの。ほら」彼女は立ち上がり、まばゆく光るハンカチを彼の膝に落とした。「とっときなさい。それを見てよく考えて、それから——それから、しばらくわたしをひとりにして。ハディーは——わたし……わたしいまは、あなたをあまり好きになれないの、ホーティー。ごめんなさい」

ジーナがそっぽを向いて出てゆくと、残されたホーティーはショックを受け、傷つき、とても恥ずかしくなった。同じ日の夜遅く、彼女がベッドに来て、あたたかく小さな腕を彼の身体に滑らせ、もう大丈夫、もう泣かないでいいよと告げたとき、彼はあまりの幸せに口をきけなかった。彼は彼女の肩に顔を埋めて震え、そして約束した——彼女にではなく自分自身の胸に誓った、自分はどんなときも、なにがあっても、ジーナの言った通りにする、と。ふたりは二度とハディーのことを話さなかった。

見るものも匂うものもホーティーの宝物になった。彼はふたりで一緒に読んだ本をたくわえていった——『ウロボロス』、『石に刺さった剣』、『たのしい川べ』といったファンタジーや、『緑の館　熱帯林のロマンス』、ブラッドベリの『火星年代記』、チャペックの『山椒魚戦争』、『無垢な旅』といった、風変わりで読む者を戸惑わせる、深く人間的で、一冊一冊が唯一無二であるような本を。

音楽は宝物だった——「黄金の島」のポルカや、スパイク・ジョーンズとレッド・イングルがやるような調子っぱずれで独創的なコメディ音楽。そしてビング・クロスビーの濃厚なロマンティシズム――彼は「アデステ・フィデレス」や「スカイラーク」を、それがたったひとつのお気に入りだとでもいうように歌うのだ。それから青く澄んだ響きのチャイコフスキーと、音楽の建築家たち――羽毛と花と敬虔さで作曲するセザール・フランクや、瑪瑙とクロムめっきを使うバッハのような。

だがホーティーがなによりも大切にしたのは暗闇のなかでのけだるい会話で、それは閉園したあとの静かな屋外催事場や、あるいは月の光に照らされた道をごとごと進みながら交わされることもあった。

「ホーティー――」（ホーティーと呼ぶのは彼女だけだった。彼女がそう呼ぶのを聞いた者はいなかった。プライベートな愛称のようなものだった。）

「ん？」

「眠れないの？」

「考えごとをしてた……」

「子供のころの恋人のことを考えていたんじゃない？」

「なんでわかった？　もう――からかわないでよ、ジー」

「あら、ごめんなさい」

ホーティーは闇に向かって語った。「ケイはぼくにやさしい言葉をかけてくれた、ただひとりの人だったんだ、ジー。たったひとりの。ぼくが逃げ出したあの夜だけじゃない。ときどき学校で、彼女が微笑む、ただそれだけ。でもぼくは――ぼくはそれを待ってたんだ。笑ってるんだろ」

「ううんキドー、笑ってない。あなたすてきよ」

「とにかく」彼は身構えて言った。「ときどき、彼女のことを考えたくなるんだ」

彼はたしかにケイ・ハローウェルのことを、それもしょっちゅう考えていた。これが彼にもたらされた三つ目のもの、影をともなう光だった。影はアーマンド・ブルーイットだ。ケイのことを考えると必ず、どれだけそうすまいとしても、アーマンドのことも思い出した。ときには、どこかの農場にいるぼろぼろの雑種犬の冷たく濡れた目や、エール錠の鍵が立てるはっきりと予感に満ちた音をきっかけに、アーマンドと、彼の退屈な皮肉と、彼のいまにも振り下ろされようとしている硬い手が、ホーティーのいる部屋にまっすぐやってくることもあった。ジーナはそれを知っていたから、彼がケイを話に出すと、いつもあえて笑った……。

彼はこうした寝入りばなのおしゃべりからとても多くのことを学んだ。たとえば人喰いのことも。「人喰いはどうしてカーニーになったの、ジー?」

「はっきりとはわからない。彼がカーニーを憎んでいると思うこともある。入ってくる人たちを蔑んでいるみたいだし。彼がこの仕事をする理由はきっと、そうすることだけが彼の――」彼女はだまった。

「なに、ジー？」

ホーティーがそう言うまで、彼女は口を開かなかった。「彼は、ある人たちのことを――大事にしているの」彼女はやっと説明をはじめた。「ソーラム。半魚人の少年ゴーゴリ。リトル・ペニーもその仲間ね」リトル・ペニーは洗濯用洗剤を飲んだピンヘッドだった。「あと何人かいる。何匹かの動物も。二本足の猫と、ひとつ目（キュクロープス）も。あの人は――彼らのそばにいたいの。そのなかには、ショービジネスの世界に入るまえから連れていたものたちもいた。きっとすごくお金がかかったと思う。でもいまのやりかたなら、彼らを使ってお金を稼ぐことができるでしょ」

「どうして彼らをとくべつ気に入ってるの？」

ジーナは落ち着かなそうに寝返りを打った。「あの人が彼らと似たもの同士だからよ」それからひと息ついて、「ホーティー、ぜったいに手を彼に見せちゃだめだよ！」

ウィスコンシンでのある夜、なにかがホーティーを起こした。

ここへ来い。

声ではなかった。言葉でもなかった。それは呼びかけだった。そこには非情な感じがあった。ホーティーは横になってじっとしていた。

ここへ来い、ここへ来い。来い！　来い！

ホーティーは身を起こした。草原をわたる風とコオロギの音が聞こえた。来い！　つぎは違う。そこにはきらめく怒りの閃光（せんこう）があった。それは抑制された命令で、悪さをしている少年をその場で捕らえたアーマンド・ブルーイットがあらわにするような、うずくような歓びが内に秘められていた。ホーティーは身を躍らせてベッドから出て立ち上がり、あえいだ。

「ホーティー？　ホーティー――どうしたの？」ジーナは裸のまま、シーツのおぼろげな白のなかから夢の波間を泳ぐアザラシのように滑り出て、彼に近づいた。

「ぼく、行かなきゃいけない――みたい」ホーティーはつらそうに言った。

「どうしたの？」彼女は張り詰めた声でささやいた。「頭のなかで声がするの？」

彼はうなずいた。激しい命令にまた突き刺され、顔をゆがめた。

「行っちゃだめ」とジーナがささやいた。「聞こえる、ホーティー？　動いちゃだめ」彼女は身をよじってローブを着た。「ベッドに戻って。がんばって我慢して。このトレーラーから出るのだけはだめ。その――それはおさまるから。きっとすぐにおさまる」彼を寝台に押し戻した。「行かないで、いい？　なにがあってもよ」

もうろうとしながら、彼はしつこく苦痛をもたらす圧力に身体をこわばらせ、ベッドに沈みこんだ。呼びかけがまた内側でかっと燃え上がり、跳ね起きた。「ジー――」でもジーナはいなかった。ホーティーは立ち上がって頭を抱え、それから異様に切迫した彼女の命令を思い出し、また座った。

また来たがそれは――不完全だった。途中でとぎれた。

座ったまま動かずに、心のなかでその命令を、ちょうど舌で知覚過敏の歯を触るように探ろうとした。だがそれはなくなっていた。へとへとになった彼は、倒れ込んで眠りはじめた。

ジーナは朝に戻ってきた。彼女がトレーラーに入ってきた音は聞こえなかった。どこに行っていたのとホーティーが尋ねると、彼女は意味深な表情をして「外」とだけ言った。だからそれ以上のことは尋ねなかった。だが朝食のとき、バニーとハバナが席を立ってオーブンレンジとトースターに向かった隙(すき)をついて、ジーナは彼の腕をつかんだ。「ホーティー！　もしまたあんな声が聞こえたら、わたしを起こして。すぐに起こすんだよ、わかった？」あまりの剣幕にホーティーは恐ろしくなったが、ふたりが戻ってきたのでうなずくことしかできなかった。彼はそれをけっして忘れなかった。それからは、彼に起こされたジーナがものも言わずに抜け出して数時間後に戻ってくることも、そう多くはなかった。呼びかけが自分に向けられているのではないと気づいたホーティーが、その呼びかけ自体を感じなくなったからだ。

季節は過ぎ、カーニバルは大規模になっていった。人喰いはあいかわらず敷地のどこにでもあらわれ、雑用係たちと飼育係たち、命知らずの芸人たちと運転手たちを、手にした武器――彼が抜き身の剣のようにおおっぴらに持ち歩いている軽蔑――で鞭打っていた。

カーニバルは大きくなった。バニーとハバナは歳をとった。それは、目に見える変化はわずかだったが、ジーナも同じだった。だがホーティーはまったく成長しなかった。彼、いや彼女は、いまやカーニバルに欠かせない存在になっていた――澄んだソプラノの声と黒い手袋がトレードマークだった。彼が通りかかると、人喰いは軽蔑を抑えながら「おはよう」と言うが――かなりの贔屓(ひいき)だ――さらになにか付け加えることはほとんどなかった。だがホーティー／キドーは残りの者たちから愛されていた。カーニーたち特有の、熱烈で、がむしゃらなやりかたで。

興行はいまや無蓋式(むがいしき)のトレーラー車を備え、広報代理人と空をなめつくすサーチライト、ダンスのための大テント(パビリオン)、込み入った動きをする乗り物や観覧車を抱えていた。全国区の雑誌が一座について長い写真つきの記事を載せ、とりわけそこにいる「奇妙な(ストレンジ・)人々(ピープル)」のことを強調していた（「フリーク・ショー」という言葉は一般的でなくなっていた）。いまでは広報室まで作られ、マネージャーが数人いて、大きな団体から毎年の予約があった。呼びこみ人の演壇には拡声機がつき、団員たちには新しめの――新品ではないが新しめの――トレーラーが与えられた。

人喰いはとっくに読心術をやめていて、その存在を知るのはいよいよ一座で働く者たちだけになっていた。雑誌の特集で少しでも言及されるときは「協力者」とだけ呼ばれた。インタビューはめったに受けず、写真はけっして撮らせなかった。勤務中は団員たちと一緒に構内を歩き回り、自由時間には本と移動実験室と「奇妙な人々」とともに過ごした。うわさでは、早朝のまだ暗い時間、生きて呼吸しているような闇のなかに彼が立ち、手を後ろに回して痩せた肩をかがめ、水槽のなかのゴーゴリを覗きこんだり、双頭のヘビや毛のないウサギをじっと見つめていたりしたという。夜警と飼育係はそういうときの彼から距離を取ることを学んでいた。人々は静かに引き下がって首を振り、彼をひとりにした。

「ありがとう、ジーナ」人喰いの口調はうやうやしく、柔らかかった。

ジーナは疲れた様子で微笑み、トレーラーのドアを閉じて外の暗闇を締め出した。部屋を横切り、机のそばのクロムメッキされて背がプラスチックの網でできた椅子のところに行き、脚を引っこめて座ると、つま先までローブでくるんだ。「もうたっぷり眠れたから」と彼女は言った。

モネートルはワインを注いだ――ゆらめき輝くモーゼルワインだ。「こんな時間に飲むのはおかしいが」と言ってそれを勧めた。「おまえが好きなのを知っているからね」

彼女はグラスを受け取ると、机の隅に置き、待った。待つことは前に学んでいた。

「今日はあたらしいのを見つけたよ」と人喰いは言った。重たいマホガニーの木箱を開け、なかからビロード張りのトレーを取り出した。「ほとんどはまだ若い」

「よかった」とジーナは言った。

「よくもあり、わるくもある」モネートルはすぐに苛立った。「若いものはコントロールするのが簡単だ――だがその分、たいしたことはできない。ときどき、どうして自分がこんなことにかかずらっているのかと思うよ」

「わたしも」とジーナは言った。

彼女は、深い眼窩の奥にあるモネートルの目が自分に向いてまた逸れたと思ったが、はっきりとはわからなかった。彼は言った、「見てみなさい」

彼女はトレーを受け取って膝の上に置いた。八つの水晶がビロードの上で鈍くきらめいていた。乾いた泥のような汚れの層は取り除かれたばかりだったが、見つかったときにはずっとそれに覆われていたのだ――その層が、水晶を土くれや石ころのように見せていた。完全に透き通っているとは言えなかったが、内部に舞う影を探せばいいと心得ている者にはその核が見えただろう。

ジーナはひとつを取り上げて光にかざした。モネートルはうなり、その視線が彼女の視線と出会った。

「どれを最初に手に取るかと思っていた」と彼は言った。「それはじつに活きがいいな」その水晶を彼女の手から取って眺め、目を細めた。憎悪の稲妻がそれに向けられると、ジーナは思わず乞うような声を上げた。「おねがい、やめて……」

「すまない……だがよく叫ぶ」彼は穏やかにそう言い、残りの石のところに戻した。「こいつらの考えを理解することができたらいいのに。痛めつけることはできる。命令することもできる。だが話しかけることができない。いつか突き止めてやる……」

「きっとできるわ」とジーナは言い、彼の顔を見た。また激怒するだろうか？　きっとするだろう……。

　彼は椅子にどさりと座りこみ、握った両手を膝のあいだに差しこんで伸びをした。肩の骨が鳴った。「こいつらは夢を見る」彼のオルガンのような声は次第に小さくなって、張り詰めたささやきになった。「それがいまのところもっとも近い表現だ。こいつらは夢を見る」

　ジーナは待った。

「そしてこいつらの夢は、われわれが暮らす世界に生きる——われわれにとっての現実に。こいつらの夢はわれわれの夢と違って、思念でも幻影でも、画像でも音響でもない。

こいつらは肉と体液、樹木と骨と血の夢を見る。こいつらの夢は途中で終わることもあるが、そうすると二本足の猫や、毛のないリスや、人間になるはずだったのに腕も、汗腺も、脳みそもないゴーゴリが生み出される。こいつらは不完全だ……なによりも蟻酸とナイアシンを欠いている。だが――たしかに生きている」

「そしてあなたは――まだ――水晶がどうやってそれをするのかを知らない」

モネートルが頭を動かさずに見上げると、ジーナには彼の目が濃い眉の下でぎらっと光るのが見えた。「おまえが嫌いだ」彼は言い、にやりと笑った。「嫌いなのは、おまえに頼らなくてはならないから――おまえに話さなくてはならないからだ。だがおまえのすることが気に入るときもある。おまえがこう言ったのは気に入ったよ――まだ、とな。わたしは水晶がどんなふうに夢を見ているかわかっていない――まだ」

彼が跳ねるように立ち上がると、椅子が壁にぶつかった。「夢が現実にあらわれるなどと、だれに理解できる？」と叫んだ。それから静かに、まったく興奮していないかのように落ち着き払ってつづけた。「鳥に話しかけて、三百メートルの塔はひとりの人間の夢の完成品だとか、素描が画家の夢の一部だとかいうことを理解してもらえるまで説明してみろ。交響曲の構造と、そのおおもとになっている夢のことを毛虫に説明してみろ。なにが構造だ！　なにが方法と手段だ！」彼は拳を机に叩きつけた。ジーナはだまってワイングラスを手に取った。「どのようにそれが起こるのかは重要ではない。なぜそれが起こるのかも重要ではない。だがそれはたしかに起こっているし、わたしはそれを支配できるんだ」彼は座り、丁寧な口調でジーナに言った。「ワインは？」

「ありがとう、大丈夫。まだ――」

「水晶は生きている」モネートルは打ちとけた様子で言った。「こいつらはものを考える。その思考はわれわれとまったく異質なものだ。こいつらは何百、何千年も前から地球にいた……土塊（つちくれ）や小石や石のかけらの姿で……彼らのやりかたで考え……人類が望むようなものは望まず、人類が必要とするものも必要とせず……どこにも侵入せず、同類たちとだけ会話している。だがこいつらには、どんな人類も夢想だにしなかった力がある。わたしはそれがほしいんだ。それがほしい。それがほしいし、手に入れるつもりだ」モネートルはワインを啜（すす）ってグラスを覗きこんだ。「こいつらは生み出す。こいつらは死ぬ。そしてわたしにはわからないことをする。こいつらはペアで死に、そうなるとわたしはそれらを捨てる。だがいつかこいつらに、わたしのほしいものを差し出させてみせる。完全なものを作ってみせる――ひとりの男、あるいは女を……水晶と交信できる者を……わたしの望んでいたことをする者を」

「どうして――それができると思えるの？」ジーナはおそるおそる尋ねた。

「こいつらを痛めつけたときに、小さな反応があるんだよ。思念のかけら、一瞬のひらめきが。何年にもわたってこいつらを突き刺してきたが、何千回と打ちすえるごとに、わたしはそんな思念の断片をひとつずつ得た。言葉にすることはできないが、体感できるものなんだ。詳しくもなければ、あまりはっきりもしていない……しかしそこには完全な夢についての特別な思考がある。それはゴーゴリのような、ソーラムのような――不完全だったりできそこないだったりする形ではあらわれない。わたしが見つけた木にもっと近い。そして完全な産物はおそらく人間か、それに近いものなんだ……そしてもしそうなら、わたしはそいつを支配できる」

「以前、水晶についての論文を書いたことがある」モネートルはしばらく間をあけてそう続け、机の下のほうにある深い引き出しの鍵を開けはじめた。「それを雑誌に売った――じつに文学的な季刊の評論雑誌に。内容はあらゆる点でまったくの推測だった。これらの水晶をあらゆる面から、外見だけは書かずに説明したのだ。わたしが論じたのは、地球にはわれわれとは別の、異質な生物がいる可能性があることと、その生物たちが身の回りのいたるところで生活し、成長しながらも、われわれに存在を知られていないのではないか、ということだった――彼らが競合していなければそれがありうるのだ。蟻は人間と競合するし、雑草も、アメーバも競合する。だがこの水晶はしない――ただ彼ら自身の生活を生きているだけだ。人間同様に集団意識はあるかもしれん――だが仮にあっても、それを生き延びるために使ったりはしない。そして人類が知りえたこの生物の唯一の特徴が、連中の夢――周囲の生物を複製しようという、無意味で、不完全なこころみなんだ。では、わたしの論文に刺激を受けてなされた学術的な反論はなんだったと思うね？」

ジーナは待った。

「ある者は」モネートルはぞっとするほど穏やかに言った。「こんなふうににべもなく反論した――火星と木星のあいだの小惑星帯には核となるバスケットボールサイズの塊(かたまり)があり、それはチョコレートケーキでできているはずだ、と。そしてこの説は科学的に反証できないから、真実として成り立ちうるのだ、と。馬鹿が！」彼はどなり、またそれまでと同じように穏やかに続けた。「べつの者は、X線をあてられて変異した蠅(はえ)がどうのこうのといった折衷的な駄弁を弄(ろう)することで、奇形生物のすべてを説明したつもりになっていた。盲目的で頑迷な、いまいましい態度だ――その手の証拠を大量に引き合いに出して、飛行機は飛ばない（推進力と浮力を同時に必要とするような船は存在しえないから）とか、列車は非現実的である（線路上の車両の重さが車輪の摩擦力に勝るなら、列車は発進できないはずだから）などと証明しようとするのと同じだ。たくさんの論理的な、観察にもとづく証拠が、世界は平らだと伝えているのだよ。変異体？もちろん自然突然変異はある。だがなぜひとつの解が唯一の解でなければならない？硬放射線による変異――論証可能だ。まったくの生化学的な変異――おおいにありうる。ならば水晶の夢も……」

彼は奥の引き出しからラベルのついた水晶を出した。銀色のライターを机から取り出して点火し、黄色い炎でさっと水晶に触った。

闇の奥からかすかな、苦痛に満ちた叫びが聞こえた。

「おねがい、やめて」ジーナが言った。

モネートルは彼女のひきつった顔を鋭くにらんだ。「これはモペットを作った水晶だ」と言った。「最近はあの二本足の猫をかわいがっているのかい、ジーナ?」

「彼女を痛めつける必要はないでしょ」

「必要だと?」彼がふたたび炎で水晶を撫でると、また叫び声が動物のテントから漏れてきた。「わたしに必要なのは、自分の論点を明らかにすることだ」彼がパチンとライターを消すと、ジーナは見るからに緊張を解いた。モネートルは机の上にライターと水晶をぽとりと落として穏やかに続けた。「証拠か。宇宙に浮かぶチョコレートケーキのことを言った愚か者をトレーラーに連れてきて、いまおまえに見せたものを見せることはできる。だがそうしたところで、やつは猫が胃痛を起こしたんだと言うだけだろう。巨大な分子が猫の赤血球のなかで元素を変化させるまさにその瞬間を、電子顕微鏡写真で見せることもできる――だがやつはフィルムに手を加えたんだと非難するだろう。人類は有史以来、すでに知っていることは正しく、それと異なることはすべて間違っているにちがいないという根深い考えに呪われてきた。その歴史的な呪いに、わたしも心の底からの呪詛を加えるよ。ジーナ……」

「ええ、モネートル」彼のとつぜんの声音の変化は彼女をぎょっとさせた――それに慣れることはなかった。

「複雑なものたち――哺乳動物、鳥類、植物――を水晶たちが複製するのは、彼らの気が向いたときか――あるいはわたしに打ちすえられて半殺しにされたときだけだ。だがもっと簡単にできるものもある」

彼は立ち上がり、背後の頭上にある棚のカーテンを脇に引いた。下ろされたケースの上には、化学実験用の時計皿が並んでいた。彼はそれを光の下に置き、いつくしむようにガラスの蓋に触れた。「培養菌だ」恋する者の声で言った。「シンプルで無害だ、いまのところは。これは桿菌、こっちはらせん菌。球菌はできるのが遅いが、それでもできつつある。わたしは鼻疽菌を撒くこともできるんだよ、ジーナ、もし気が向いたらペスト菌でもいい。人類を傷つける効果のある伝染病を国じゅうに蔓延させることも、あらゆる都市を殲滅することもできる。わたしに必要なのは仲介者だけだ――彼らの思考法をわたしに教えることができるような、完成された水晶の夢だけだ。わたしはそんな仲介者を見つけるよ、ジー。あるいは自分で作ってもいいんだ。それができれば、わたしは人類に好きなことをするよ、好きなだけ、好きなやりかたで」

ジーナは彼の暗い顔を見上げ、なにも言わなかった。

「おまえはどうしてここに来てわたしの話を聴いているんだ、ジー？」

「あなたが呼んだから。行かなかったらあなたが痛めつけるから」彼女は率直にそう言った。それから、「あなたはどうしてわたしに話すの？」

とつぜん、彼は笑い出した。「それを訊かれるのははじめてだな、何年ものつきあいなのに。ジーナ、思考に形はなく、暗号化されているんだ——形状も実体も方向性もない衝動だ——それをだれかに伝達しないかぎりはね。伝えることでそれらは形をなし、テーブルの上で吟味することができるようなアイデアに変わる。自分がなにを考えているかは、それを別のだれかに告げるまでわからないものなんだ。だからわたしはおまえに話すんだよ。それがおまえがここにいる理由だ。ワインが減っていないようだね」

「ごめんなさい」ジーナはそれを素直に飲んで目を見開き、自分にはあまりに大きすぎるグラスのふち越しに彼を見た。

　そのあとジーナは解放された。

　季節がめぐり、あらたな変化があった。ジーナはめったに本を声に出して読まなくなった。音楽を聴くかギターを弾くか、衣装作りや台本書きに黙々と励んでいて、そのあいだホーティーはベッドに横になり、片手で顎を支え、もう一方の手でページをめくっていた。ページごとに四回ほど目を動かすだけで中身を見通し、めくるたびにさらさらとリズミカルな音を立てた。本はジーナが選んだものだったが、どれもが彼女の理解の範疇をほとんど超えてしまっていた。ホーティーは学術書にさっと目を通し、吸収し、蓄え、整理していた。ジーナはときどき、彼を見ながら心底驚いた。この子がホーティー……いや、キドーだなんて、びっくりだ。彼はひとりの少女になって、あと数分もしたら舞台で「ヨーデリン・ジャック・ジャイヴ」を一緒に歌うのだ。この子はキドーだった、食堂テントでケイジャン・ジャックの馬鹿騒ぎにけらけら笑って、ローレライが曲馬師用の短い衣装を着るのを手伝っている、あの。でも、けらけら笑っていても、ブラとスパンコールのことでぺちゃくちゃお喋りしていても、キドーはホーティーだった。彼は胸の豊かな女が表紙にあしらわれたロマンス小説を手に取り、その偽のカバーが隠している深遠な内容——微生物学、遺伝学、ガン、栄養学、形態学、内分泌学のテキストに没頭した。彼が読んだ本を話題にすることはなかったが、どうやら、評価を下してさえいないようだった。ひたすら蓄えていたのだ——ジーナが持ちこんだあらゆる本のあらゆるページ、あらゆる図表、あらゆる言葉を。彼はジーナが偽のカバーをつけるのを手伝い、本を読み終えると、それを彼女がひそかに処分するのを——なにしろふたたび参照する必要はなかったから——手伝った。そうする理由はけっして尋ねなかった。

どんな人間の営みも単純ではいられない……どんな人間の目的も明瞭ではいられない。献身がジーナの務めだったが、彼女の目指すものは推測と無知で点々と汚れていて、背負った荷は重かった……。

雨がはげしくトレーラーを打っていたのは朝のまだ暗い時間で、八月の風のなかに十月の冷気があった。雨が跳ねるザーッという音は渦巻いて乱れる感情を連想させたが、それは彼女が人喰いの心のなかにとても頻繁に感じ取っていたものでもあった。カーニバルが彼女を取り囲んでいた。それは彼女の記憶のことも、本人がもう数える気もなくなるほど長い年月にわたって取り囲んでいた。カーニバルはひとつの世界で、よい世界だったが、彼女に居場所を与えるかわりにつらい代償を取り立てた。彼女がそこに属しているということ自体が、ぎょろついた好奇の視線にたえまなくさらされ、指さされることを意味していた――おまえは普通じゃない。普通じゃない。

バケモノ！

彼女はそわそわと寝返りをうった。映画にラブソング、小説に演劇……そこには女が出てきた。人々は彼女に、綺麗だよ、と、ジーナに言うのと同じように言う――だがその女は部屋の端から端へ五歩で歩けて、十五歩もかからないし、その小さな手でドアノブを包むこともできる。列車にさっと乗ることができて、小動物みたいによじ登らなくてもいいし、レストランのフォークを使うときも口をゆがめなくていい。

そして彼女たちは愛されていた、これらの女たちは。愛されていて、相手を選ぶことができた。選ぶのはささいで、たやすいことだった――男たちの違いはあまりにも微々たるものだったから、実際にはたいした問題にならなかった。彼女たちは、男を見て、とっさに、真っ先に、こんなことを考えなくてもよかった――わたしができそこないだってことを、彼はどんなふうに受け取るだろう?

　彼女は小さかった、あらゆる意味で小さかった。小さくて愚かだった。これまでに愛することができたただひとつの存在を、おそろしい危険のなかに置いていた。できることはやっていたが、それが正しいことなのかどうかを知るすべはなかった。

　彼女は静かに泣きだした。

　ホーティーに彼女の声が聞こえたはずはないけれど、彼はそこにいた。ベッドにいる彼女のとなりに滑りこんだ。ジーナは息をのみ、一瞬、脈打つ喉に息をつまらせた。そして彼の肩を押してそっぽを向かせた。自分の胸を温かい背中に押しつけ、彼の胸の前で腕を交差させた。ホーティーを近くに、彼の鼻から漏れる息の音が聞こえるほど近くに引き寄せた。ふたりは動かずに背を丸め、二本のスプーンのように重なった。

「動かないで、ホーティー。なにも言わないで」

　ふたりは長いあいだ黙っていた。

　ジーナは話したかった。自分の孤独を、切実な望みを彼に伝えたかった。四度、話そうと唇をすぼめたけれど話せず、かわりに涙がホーティーの背中を濡らした。彼は黙って横になったまま、温かい身体で彼女のそばにいた――ホーティーはまだほんの子供にすぎない、それでもこの上なく一緒にいた。

彼女はホーティーの肩をシーツで拭き、また抱きしめた。すると荒々しい思いはゆっくりと去り、ほとんど容赦ないほどだった腕の力もゆるんだ。

ついに彼女が口にしたふたつの言葉には、彼女が感じていた苦しみがこもっていた。ふくらんだ胸とうずく陰部のことをこう伝えた、「愛してる、ホーティー。愛してる」それから自分の切望のことをこう伝えた、「大きかったらいいのにって思うわ、ホーティー。わたし大きくなりたい……」

そう言うとジーナはほっとして、ホーティーを解放して寝返りをうち、眠れそうだと思った。こぼれるような薄明かりのなかで目覚めたとき、彼女はひとりだった。

ホーティーは話したりも、動いたりもしなかった。でも彼がジーナにあたえたのは、あらゆる人間がこれまで彼女にあたえてきた以上のものだった。

7

「ジー……」

「うん?」

「今日、みんながぼくらのテントを張っているときに人喰いと話したよ」

「彼はなんて?」

「ただの雑談。客はぼくたちの出し物を気に入ってるってさ。気に入っているのはほかならぬわたし自身なんだよ、って言われるまでにあとちょっとじゃないかって思ったよ」

「言わないわよ」ジーナは確信をこめてそう言った。「ほかには?」

「そうだな——いや、ジー。それだけだよ」

「ホーティー、いい子ね。なんたってあなたは嘘のつきかたを知らないんだから」

彼は笑った。「まあ、大丈夫だと思うよ、ジー」

沈黙があった。それから、「わたしには話したほうがいいと思うよ、ホーティー」

「ぼくひとりでなんとかできるとは思わない？」

ジーナは寝返りをうち、トレーラーの隅にいる彼に向き合った。「思わない」

彼女は待った。真っ暗だったが、ホーティーが下唇を噛み、頭をそらしたのがわかった。

「手を見たいって言われた」

彼女は寝台で勢いよく身を起こした。「そんな！」

「いまはもう大丈夫、って答えた。ああ――彼が手当てをしてくれたのはいつだったっけ？　九年前？　十年前？」

「見せたの？」

「落ち着けよ、ジー！　いや、見せてない。衣装を直さなくちゃと言って、逃げた。でも後ろから呼びとめられて、明日十時前に実験室に来いと言われた。なんとか逃げ切る方法がないか考えてるんだ」

「これを恐れてた」彼女は震える声で言った。両腕で膝を抱え、その上に顎を乗せた。

「大丈夫だよ、ジー」ホーティーは眠たそうに言った。「なにか方法を考える。彼も明日には忘れてるかもしれないし」

「彼は忘れない。あの人の頭は計算機のようなものだから。いまはなんとも思っていなくても、もしあなたが姿をあらわさなかったら――そうなったら、大変よ！」

「まあ、手を見せることになるだろうね」

「何度も何度も言ってきたでしょ、ホーティー、ぜったいにそんなことしちゃだめ！」

「わかった、わかったよ――でもなぜ？」

「わたしを信じてないの？」

「信じてるの、知ってるだろ」

彼女は身を固くして座り、黙って考えこんだ。ホーティーはうとうとしはじめた。しばらくして――おそらく二時間は経っていた――ホーティーはジーナに肩を揺すられて目覚めた。彼女はベッド脇の床にしゃがんでいた。「起きて、ホーティー。起きて！」

「んん？」

「聴いて、ホーティー。あなたが話したこと、ぜんぶ覚えてるでしょ――起きて、お願いだから！――覚えてる？　ケイのことや、なにもかもを」

「うん、もちろん」

「いつか、あなたがやりたいことってなんだった？」

「あそこに戻ってまたケイに会って、アーマンドのやつに仕返しをするって言ったこと？」

「そう。いい？　それがこれからあなたがしなきゃいけないことよ」

「そりゃ、そうだね」彼はあくびをして目を閉じた。彼女はまた揺り起こした。「いまよ、ホーティー。今夜。いますぐ」

「今夜？　いますぐ？」

「起きて、ホーティー。服を着て。本気だからね」

彼は面倒臭そうに身を起こした。「ジー……夜中だよ！」

「服を着なさい」彼女は叱りつけるようなささやき声で言った。「キドー、さっさとして。いつまでも赤ん坊でいられるわけじゃないのよ」

彼はベッドの端に腰掛けて身を震わせ、最後に残った煙のような眠気を振り払った。

「ジー！」と声を上げた。「行けってこと？　ここを出て行けってこと？　立ち去れってこと？　カーニバルとハバナと、それに──きみから？」

「そうよ。服を着て、ホーティー」

「でも――どこへ行けばいいんだよ？」彼は服に手を伸ばした。「なにをすればいいの？　外に知っている人はいないよ！」

「わたしたちがどこにいるかわかる？　あなたが出てきた町からほんの八十キロのところよ。今年はこれ以上そこに近づくことはない。そうでなくても、あなたはここにいすぎたのよ」最後にそう付け加えた彼女の声は、急に穏やかになっていた。「もっとはやくに出て行ってなきゃいけなかった――きっと一年とか、二年前にね」彼女はホーティーに洗いたてのブラウスを渡した。

「でもなんでそうしなきゃいけないの？」彼はなさけない声で尋ねた。

「予感がすると言ってもいいわ、ほんとうは違うけど。あなたが明日の人喰いとの約束をやりすごすことはきっとできない。ここから出て行って、彼から離れていなくちゃ」

「行けないよ！」ホーティーはそう言って子供っぽく抗議しながらも、彼女にしたがっていた。「人喰いにはなんて言うの？」

「いとこから電報を受け取ったとかなんとか言うわ。それはわたしにまかせて。そんなこと心配しないでいいのよ」

「これからもう——もう戻ってこれないの？」

「もしまた人喰いと会うようなことがあったら、背を向けて走りなさい。隠れて。なにがなんでもあの人を近づけさせちゃだめ、一生よ」

「きみとはどうなんだよ、ジー？　二度ときみに会えないかもしれない！」彼はひだのついた灰色のスカートの横のファスナーを閉めた。ジーナが手際よくアイブロウを引くあいだ、身動きひとつしなかった。

「会えるわ」彼女はやさしく言った。「いつか。どんなふうにかはわからないけど。手紙を書いて、居場所を知らせて」

「きみに？　人喰いの手に渡ったりしない？　それは大丈夫なの？」

「大丈夫じゃないわね」彼女は腰を下ろし、女としての無意識だが正確な目で、ホーティーのたたずまいを見定めていた。「ハバナ宛にして。一ペニー葉書を出して。署名はしないこと。タイプライターで打って。広告のふりをして――帽子とかへアカットとか、そういうのよ。返送先を添えるときは数字を二つずつ逆にしてね。覚えられる？」

「覚えられる」ホーティーはぼんやりと言った。

「もちろんそうよね。あなたはなにも忘れないから。これからなにを学ぶのかわかる？ ホーティー」

「なに？」

「あなたは知識を使うことを学ぶの。あなたは、いまはまだ子供。あなた以外の子だったら、発育が遅れてるんだと思ったでしょうね。でもわたしたちが読んで勉強してきたあらゆる本がある……ホーティー、解剖学を覚えてる？ 生理学は？」

「もちろんだよ、科学と歴史と音楽となにもかも。ジー、ぼくは外でどうすればいいの？ ぼくになにか教えてくれる人はひとりもいないんだよ！」

「もう自分で考えなくちゃいけないの」

「さいしょになにをしたらいいかもわからないんだ！」彼は叫んだ。

「いい子ね、いい子ね……」ジーナはそばに寄って彼のひたいと鼻先にキスをした。

「ハイウェイに出るのよ、いい？ 見られないようにね。四百メートルくらい進んだら、バスに乗って。ほかのものに乗っちゃだめよ、バスだけ。町に着いたら、停留所で朝九時くらいまで待って、下宿屋で部屋を見つけなさい。小さな通りの、静かな部屋がいいわ。お金は使いすぎないで。できるだけ早く仕事を見つけなさい。男の子になったほうがいいわね、そうしたら人喰いにも見つからない」

「ぼくは大きくなれるのかな?」彼がそう訊くことで口にしたのは、すべての小人が抱えている、小人ならではの恐れだった。

「たぶんね。状況次第。ケイとあの恐ろしいアーマンドのことは、そのときが来るまで探しにいっちゃだめよ」

「そのときが来たってどうしてわかるの?」

「とにかくわかるのよ。預金通帳は持った? 銀行預金は郵送で続けてね、いままでみたいに。お金は十分ある? よし。あなたは大丈夫よ、ホーティー。だれにもなにも尋ねないで。だれにもなにも言わないで。自力でやるか、やらないかよ」

「ぼくは――あっちには居場所がないんだ」彼はつぶやいた。

「わかってる。でもね、そのうちできる。あなたがここを居場所にしたみたいにね。いずれわかるわ」

優雅に苦労もなくハイヒールで歩き、ホーティーはドアに向かった。「じゃあ、さよなら、ジー。ぼくは――ぼくはできれば――いっしょに来てくれないの?」

彼女は艶やかな黒い頭を横に振った。「それはできないの、キドー。わたしは人喰いの話し相手になれる——ほんとうの話し相手になれる——ただひとりの人間だから。それにわたしは——彼のすることを見張らなくちゃいけない」

「そうか」彼は尋ねるべきではないことは尋ねなかった。子供っぽく、たよりなく、盲目的に素直で、とりまく環境が機能的に生み出したそのままの存在である彼は、ジーナにおびえたような笑顔を見せてドアのほうを向いた。「じゃあね、ホーティー」と彼女はささやき、微笑んだ。

ホーティーが行ってしまうと、ジーナは彼のベッドに身を沈めて泣いた。一晩じゅう泣き続けた。翌朝になってやっと、ジャンキーの宝石の目のことを思い出した。

8

ホーティー・ブルーイットがあざやかな色のトラックによじ登って乗りこんだのをケイ・ハローウェルが裏口の窓から見届けた、あの濃霧の夜から十二年が経っていた。この年月はハローウェル一家にとって生易しくはなかった。彼らはもっと小さな家に、それからアパートメントに引っ越して、そこで母親は死んだ。父親はそれからしばらく持ちこたえたが、まもなく妻の後を追った。ケイは十九歳で、三年生のときに大学を離れて働きに出て、医科大学予科に通っている弟を支えていた。

彼女は落ち着きのある人で、髪はブロンド、注意深く堅実で、目はたそがれのようだった。たいへんな重荷を背負っていたが、それをいつもきちんと抱えて降ろさなかった。胸の内では、怯えてしまうことを、感じやすくなることを、動揺することを、心動かされることを恐れていたので、周りからは落ち着いて見られるように慎重に取り繕っていた。彼女には仕事があった。ボビーが医者になるまでの険しい道のりを助けられるように、うまくやっていかなくてはならなかった。彼女は誇りを、つまりまともな住居とまともな服装を維持しなければならなかった。いつかはきっとくつろいで楽しめるようになるだろうが、それはいまではなかった。明日でも来週でもなかった。とにかく、いつかそのうちだ。いま彼女がダンスや映画に行って楽しく過ごしても、慎重さはなくならなかった——帰りが遅くなったり、あらたに強い関心事ができたり、楽しんだりすることそのものさえもが、仕事の妨げになるかもしれないのだ。これはあまりにかわいそうなことだった、なぜなら彼女は、深く、つきせぬ笑いの泉の持ち主だったから。

「おはようございます、判事」彼女がどれほどこの男を——この男のひくひく動く鼻の穴とぐにゃぐにゃした白い手を嫌っているか。彼女の上司、〈ベンソン、ハートフォード&ハートフォード〉のT・スピニー・ハートフォード氏は好人物だったが、数人の怪しい人物と付き合いがあるのもたしかだった。そりゃまあ、それが法曹界なのだが。

「ハートフォードはすぐにまいります。お掛けになってください、判事」

そこじゃないって、変態！　最悪だ、わたしのデスクの真隣に座った。いつものことではあるけれど。

彼女は意味のない笑みを向け、部屋を横切ってファイルが並んだ棚に向かった——下手くそでこちらが困惑するしかないようなくだらない話を判事がはじめる前に。時間を無駄にするのは大嫌いだった。必要なファイルなんてない。だがデスクに座っていれば彼を無視するわけにはいかなかったし、彼がオフィスの端から端に向かって叫んだりはしないことも知っていた――彼はソーン・スミス言うところの「下心があるときは低い声で」というテクニックを好んでいたのだ。

じめっとした視線が背中と腰に注がれ、ストッキングの縫い目を行きつ戻りつするのを感じて、ケイはかきむしりたくなるような鳥肌を立てた。これじゃだめだ。距離が近いほうがまだましかもしれない。さえぎれなくても、受け流せるかもしれない。彼女はタイプライターデスクに戻り、あいかわらず口を閉じたまま微笑んだ。ばね仕掛けのデスクの蓋を上げると、格納されていたタイプライターがなめらかな動きで机上にあらわれた。彼女はレターヘッドのついた便箋を差しこみ、忙しなくタイプをはじめた。

「ハローウェルさん」

彼女はタイプをつづけた。

「ハローウェルさん」ブルーイット判事は手を伸ばして彼女の手首をつかんだ。「そんなに忙しなくしないでくださいよ。ほんの短いあいだしか一緒にいられないんだから」

彼女は手を膝の上にぱたりと落とした――せめて片方だけでも、と。もういっぽうの手は判事のぐにゃぐにゃした白い手に握られたままだったが、やがて解放された。彼女は重なった自分の両手を見つめた。この声ときたら！　いま見上げたら、彼の顎にしたたるよだれが見えるだろう。「はい、判事さん」

「仕事は楽しい？」

「はい。ハートフォードさんはとてもよくしてくれます」

「最高に感じのいい人物だ。最高に感じがいい」彼が待っているので、ケイは座ったまま手を凝視しているのがあまりにも馬鹿馬鹿しくなり、ついに顔を上げなくてはならなくなった。すると彼は言った、「じゃあ当分はここにいることになるんだね」

「どうして――いえ、はい、できれば」

「いかに綿密な計画といえど……」彼はぶつぶつとそう言った。今度はなんだというのか？　彼女の職を脅（おびやか）しているのか？　よだれをたらしたこのうぬぼれ屋と彼女の仕事になんの関係が？「ハートフォード氏は最高に感じのいい男だよ」ああ、なんて嫌なやつ。ハートフォードさんは法律家で、たびたび遺言検認裁判の訴訟を抱えていて、そのいくつかは判事が下す紙一重の判決に大きく左右されている。「最高に感じがいい」だって。感じよくするのは当たり前だ。ハートフォードさんにも生活がある。

　ケイは次の一手を待った。それはすぐに来た。

「実際、わたしの知るかぎり、きみはここであと二年以上働く必要はないんだ」

「えっ――どうして？　あら。なんでそんなことがわかるんです？」

「いいかい、お嬢さん」だるそうに、控えめに彼は言った。「自分の所有する書類の内容は把握しているのが当然だよ。きみのお父上はまったく先見の明がある、それにじつに聡明だ。きみが二十一になったらけっこうな額のお金を受け取ることになっている、そうだね？」

　あんたに関係ないだろ、たぬきじじい。「ええ、でもわたしはぜんぜん当てにしていないんです、判事さん。それは弟のボビーに割り当てられていますから。それで彼は大学予科の残りの二年間と、彼が望めば専門課程でも一年間、過ごせるはずです。そうなったらなにがあっても心配なくなります。そのときが来るまで、いまはふたりでなんとかやっていくだけです。どのみち仕事はつづけるつもりですけど」

「感心だ」彼は鼻の穴をこちらに向けてひくつかせた。彼女は唇を噛んでまた両手を見下ろした。「じつにすばらしい」彼は知ったふうな顔で愉しげにそう付け加えた。またも彼女は待った。第三手が打たれた。彼はため息をついた。「きみの父上の遺産に先取特権〔訳注：特定の財産から優先的に債務を受け取ることのできる権利〕があるのは知っていたかね、昔の共同経営の件だが？」

「ええ――聞いてます。その昔の取り決めは、父が運送業の共同経営を解消したときに反故になったって」

「とある契約書一式は無効になっていなくてね。わたしがまだ持っているんだよ。きみの父上は人を信じやすいかただった」

「それはもう二度にわたって清算されています、判事！」ケイの目は、ときどき雷雲のような青っぽい灰色をおびることがあった。いままさにそうなっていた。

判事は背をもたせかけて指を組んだ。「裁判所に出してもいい件だ。ついでに言うと、それは遺言検認裁判になるね」

この男は彼女の仕事を奪うことができるわけだ。それにお金と、それにともなうボビーの将来も。それがいやなら……もう、彼女に予想はついていた。

予想は的中した。

「いとしい妻と死に別れてから――（ケイは彼のいとしい妻を覚えていた。冷酷で頭が空っぽな生き物で、判事になる前のブルーイットのエゴに迎合するだけの機知はあったが、それだけだった。）――ぼくは孤独な男なんだよ、ハローウェルさん。きみのような人には会ったことがない。きみは美しい、それに頭もいいんだろう。だがきっとそれだけじゃない。ぼくはきみをもっとよく知りたいんだ」彼はばかげた作り笑いをした。

ありえない。「そうなんですか？」彼女はむかつきと恐怖で身をこわばらせ、うつろな声で言った。

彼は請け合った。「きみのようにすてきな娘で、いい仕事についていて、しかもそれなりにまとまった額のお金が――なにも起こらなければの話だが――いずれ入ってくるとなればね」彼は身を乗り出した。「これからはきみをケイと呼ぼう。ぼくたちは分かり合っているよね？」

「いいえ！」ケイがそう答えたのは彼の意図がはっきり分かったからで、彼のことが分からないからではなかった。

だが彼はその返事を都合よく受け取った。「では喜んで、さらに説明しようじゃないか」くすくすと笑った。「今夜はどうだい。かなり遅い時間がいいな。ぼくのような立場の者はとてもじゃないが――そのね――光がまぶしすぎる場所で踊ることはできんのだよ」

ケイはなにも言わなかった。

「ちょっとした場所がある」判事は忍び笑いした。「〈クラブ・ネモ〉だ、オーク通りの。知っているかい？」

「たぶん――わかると思います」彼女はなんとかそう言った。

「一時にしよう」彼は愉しそうに言った。立ち上がり、彼女に向かって身をかがめた。酸化したアフターシェーブローションのような臭いがした。「用もないのに遅くまで起きているのは好きじゃないんだ。来てくれるだろうね」

彼女は大急ぎで考えた。激しく怒り、怯えていたが、そのふたつの感情は彼女が何年ものあいだ避けてきたものだった。したいことがいくつかあった。なによりまず叫びたかった、その場で朝食を吐き出してしまいたかった。アーマンドがどんな人間なのかを本人に伝えたかった。ハートフォード氏の事務室に乗りこんで、教えてくれと言いたかった――こんなことは、あんなことは、速記者としての業務に含まれているのか、と。

だがボビーのことを思った。あとほんのすこしで一人前になれるのだ。ゴール間近で諦（あきら）めなければならないのがどういうことか、彼女はよくわかっていた。それに哀れな、悩める、心配性のハートフォード氏のことも――彼は悪意の人ではないが、こんなことに対処するすべはないだろう。それにまた、どうやら判事も確信していたように――彼女には失敗を避ける確かな能力があった。

だからとっさにしたくなったことはせずに、彼女はおずおずと微笑んで言った。「じゃああとで……」

「あとで互いを知り合おう」と彼は引き取った。「たっぷりと知り合おうじゃないか」彼が立ち去ろうとしたとき、彼女はまたあの湿った視線を自分のうなじに、そして腋（わき）の下にも感じた。

交換台のランプが輝いた。「ハートフォードがお会いになります、ブルーイット判事」彼女は言った。

判事は彼女の頬をつねって「アーマンドと呼んでいいんだよ」とささやいた。「ふたりきりのときだけだがね、もちろん」

9

ケイが着いたときにブルーイットはすでにいた。遅れたのだ――ほんの数分だったが、その遅刻はひどく高くついた。その分だけ、判事がにたにた笑いながらハートフォードの事務所を後にした朝から続いていた、激しい憎しみとむかつきと恐怖に耐えなければならない時間が引き伸ばされたからだ。

彼女はクラブに入ってすぐのところでしばらく立ち尽くした。落ち着いた場所だった――落ち着いた光、落ち着いた色彩、三人のバンドが奏でる落ち着いた音楽。客はとても少なく、彼女が知っているのはただひとりだった。銀髪の頭がちらっと――店の隅の、突き出たステージの奥で影になったテーブルに見えた。彼女がそこに近づいたのは、彼女が選ぶならそんな場所だろうとわかっていたからで、はっきり見えていたわけではなかった。

ブルーイットは立ち上がって彼女の椅子を引いた。「来てくれると思っていたよ」

どうやって断れっていうのよ、うすのろ。「約束ですから」と彼女は言った。「待たせてごめんなさい」

「謝ってくれてよかった。もし謝ってくれなかったら、謝らせなきゃいけなかったよ」

彼は笑ったが、その笑いは自分の考えに嬉しくなったことを強調しただけだった。彼が手の甲を彼女の前腕に這わせると、そこにあたらしい鳥肌の跡ができた。「ケイ。かわいいケイ」彼はうめいた。「これだけは伝えておきたい。今朝はきみをすごく困らせてしまったね」

なにをいまさら！「そうでした？」と彼女は尋ねた。

「気づいていただろう。だからここで、いますぐに知っておいてほしいんだ。本気であんなことを言ったんじゃないと——ただぼくがどれほど孤独なのかを伝えたかったんだ。ぼくが判事である以前にひとりの人間であることを、みんなわかっていない」

そういうことをするからわたしも「みんな」の仲間になるのよ。彼女はにっこり笑ってみせた。そうやって微笑むまでにはかなり複雑な過程があった。微笑んだのは、虫のいい、哀れっぽい演説をする彼の声がぐずった犬みたいで、顔つきもスパニエル犬のように下に引っ張られて見えたからだった。薄目になって彼の姿をぼやかせると、見えてきたのはウイングカラーに載った哀れな猟犬の頭部そのもので、彼女はいつか小耳に挟んだ言葉を思い出した——「彼があんなふうになったのは、幼いころからずっと母親に吠えまくられていたからさ」。それで笑ったのだ。だがブルーイットはその真意と表情を誤解し、また腕を撫でた。彼女の笑顔は消えた、歯は見せたままで。

「つまりだね」彼は声をひそめた。「きみにはありのままのぼくを好きになってもらいたいんだ。プレッシャーを与えるようなことをしてすまなかった。失敗したくない一心だったんだ。だがよく言うじゃないか、すべてはフェアだと……ほら」

「――恋と戦争においてはね」彼女は素直にそう言った。そしてこれは戦争だった。ありのままのおれを愛せ、さもなくば、というわけだ。

「そんなにたくさんのことを求めるつもりはないんだ」彼は濡れた唇から声を出した。「男は大切にされていると思いたいもの、それだけなんだよ」

目を回して天を仰ぐのを見られないよう、彼女は目を閉じた。たくさんのことは求めない。ただこそこそと隠れて逢って、この街におけるおれの「地位」を守ってくれればいいんだよ、か。あの顔、あの声、あの手……変態、恐喝犯、よぼよぼの、べとつく指のおいぼれ狼！　ボビー、ボビー、彼女は苦悶した、どうかいい医者になって……。

それでは終わらなかった。まだまだあった。飲み物が運ばれてきた。素敵な若い娘のための彼のチョイスだ。シェリー・フリップ。甘すぎで、上にのった泡が不愉快に唇にはりついた。彼女はそれをすすり、安っぽく感傷的な言葉を浴びせられるたびにうなずいたり微笑んだりしながらも、できるだけ彼の声を無視して音楽を聴いていた。なかなか巧みでさわやかな演奏だった——編成はソロボックス社製のハモンドオルガン、ダブルベース、それからギター——しばらくのあいだはこの演奏だけが、不浄な世界で彼女がすがっていられるものだった。

ブルーイット判事はどうやら、スラム街にある商店の二階に小さな隠れ家を持っているらしかった。「ブルーイット判事は法廷と判事室で働いている」と彼は歌うように言った。「そして連邦議会にも立派な官舎がある。しかし人間ブルーイットにはもうひとつ居場所があるんだ、快適なスポット、荒れ果てた舞台のなかのダイヤモンドが。そこで彼は黒いローブを、つまり威厳と体面を脱ぎ捨てて、自分の血管に赤い血が流れているのを確かめることができるんだ」

「とってもよさそうなところね」と彼女は言った。

「ひと(ワン)を隠してくれるところだよ」彼は余裕たっぷりに言った。「ふたり(ツー)を隠してくれる、と言うべきかな。すべてが揃(そろ)っている。すぐそばにはワインセラー、食べ物も思うがままだ。荒れた住まいも洗練されるのさ、パンが一斤(いっきん)、ワインひと瓶、それから——あーいするひとがいれば」彼が耳障りなささやき声でそう歌うようにしめくくったとき、ケイは、もしこの男の目があと三センチほど飛び出ていたら、片目に座ってもう一方の目をのこぎりで切り落とせるだろうと思いつき、妙な気分になった。

彼女はまた目を閉じて残る力を奮い起こそうとした。耐えられるのはせいぜいあと二十秒だという気がした。十八秒。十六秒。ああ、もうこれっきりだ。ボビーの進路が煙になって――この二人用テーブルに立ちのぼるきのこ雲になって消えていく。

彼は足を揃え、踵（かかと）の音をほとんど立てずに立ち上がって「ちょっと失礼するよ」と言った。それから化粧室と生理現象についてのつまらない冗談を飛ばした。いちど身をひるがえしたが振り返り、こんな冗談も、今後のぼくたちのあいだに芽生（めば）えるささやかな親密さのひとつめにすぎないんだ、と付け加えた。ふたたび行きかけたがまた振り返り、「考えてごらん。ぼくらのちっちゃな夢の国に消えるのは今夜でもいいかもしれないんだ！」そう言うとまた踵（きびす）を返した。もしもう一度でも振り返ったら、ハイヒールで上着のポケットのあたりを突き刺されていただろう。

ケイはテーブルでひとりきりになり、見るからにぐったりしていた。怒りと軽蔑に支えられていたけれど、それらが一瞬で恐怖と疲労にかわった。肩は沈んで縮こまり、うなだれると涙が頰をつたった。ひどいという言葉ではとても足りなかった。ミネソタ（メイヨー・）の大病院（クリニック）にいるすべての医者たちが束になってもどうにもならないほどだ。逃げたかった。奇跡が起こってほしかった、いまこのときに。

するとそれが起こった。ふたつの手が目の前のテーブルクロスの上に置かれた。

彼女が見上げると、そこに立つ若者と目が合った。ありふれた、平凡な顔だ。彼女と同じくらいのブロンドだったが、目の色は濃い。素敵な口の形をしていた。彼は言った、

「そばにいるのが音楽家か鉢植えの椰子かもわからずに打ち明け話をするやつが多すぎるな。お困りのようですね、お嬢さん」

怒りがいくらか戻ってきたが、すぐに静まった。恥ずかしさの洪水に呑まれたせいだ。言えたのはひとことだけだった。「お願いだからほっといて」

「できない。いまのやり口を聞いていたらね」彼は頭で化粧室を示した。「逃げ道がある、きみがぼくを信じられるなら」

「同じ悪魔なら知ってるほうにしとくわ」彼女は冷ややかにそう言った。

「ちゃんと聞いてくれ。ほら、ぼくが話し終わるまで。それから好きにしたらいい。やつが戻ってきたら、今夜はなんとか言ってかわすんだ。ここで明日の夜に会うと約束してね。しっかり演じなきゃだめだよ。それから、店を一緒には出られないと言うんだ。だれかに見られるかもしれないから、って。やつもそれくらいは考えるだろうけど」

「そして彼が出ていったら、わたしがあなたのやさしい慈悲に身を委ねるってわけ？」

「ばかだなあ！　や、ごめん。違うよ、きみが先に出ていくんだ。まっすぐ駅に行って最初に来た列車に乗って。北行きが三時、南行きが三時十二分。好きなほうに乗ればいい。どこかへ行って、身を隠して、べつの仕事を見つけて、見つからないようにすればいい」

「どうやって？　三ドルぽっちのお金で？」

彼は上着の内ポケットから長財布を出した。「三百ドルある。きみならこれで十分だろう」

「おかしいんじゃないの！　あなたはわたしのことを知らないし、わたしはあなたのことを知らない。それに、わたしに売れるものなんてない」

彼は苛立つそぶりを見せた。「だれがそんなこと言った？　ぼくは列車に乗れって言ったんだ——どの列車でもいいって。だれもあとをつけたりなんかしない」

「あなたはおかしい。どうやってお金を返せばいいの？」

「そのことか。ぼくはここで働いている。いつか立ち寄ってくれたらいい——もしそうしたければ、ぼくが非番の昼間に。だれかに預けてくれればいいよ」

「いったいなんでこんなことしようと思ったの？」

彼の声はとても穏やかだった。「野良猫に魚をあげたくなるのと同じかな。おっと、言い合いはやめよう。きみには解決策が必要で、これがまさしくそうなんだ」

「そんなことできない！」

「想像力はあるだろう？　絵を描くように想像できる？」

「たぶん——できるけど」

「じゃあ、ごめんね、でもひどいことを言わなくちゃいけない。ぼくがいま言ったようにしなければ、あのクズはきみに——」それから彼は半ダースの簡潔で無駄のない言葉で、あのクズがこれからやろうとしていることをそのまま彼女に告げた。そしてすばやい一動作でお金を彼女のハンドバッグに滑りこませ、ステージに戻った。

ブルーイットが戻ってくるまで、彼女は座ったままむかつき、動揺していた。彼女の絵画的な想像力は並外れて鮮やかだった。

「席を立っているあいだ」ブルーイットはそう言いながら腰を下ろし、会計しようとウェイターを手招きした。「ぼくがなにをしていたと思う?」

それこそまさにこっちが訊きたいことだ、と彼女は思った。冷静に尋ねた、「なにをしてたの?」

「考えていたんだよ、あの小さな場所のことを。すばらしいだろうな、法廷でハードな一日を過ごしたあとでそこに姿を消すと、きみが待っているんだ」彼は愚鈍な微笑みを浮かべた。「それも、だれにも知られずにね」

ケイは「主よお許しください、なにをしているのか自分にもわからないのです」と天に告げ、それからはっきりと言った。「すごくいい考えだと思うわ。ほんとに」

「そしてそれはけっして——なんだって?」

一瞬、彼がほとんど哀れにさえ思えた。彼のロープはいまやいつでも繰り出せるように束ねられ、釣り針は研がれて油を塗られ、それを投げた腕は見事な食いつきを感じているのに、彼女はその楽しみを奪おうとしているのだ。荷台いっぱいに魚を積んだワゴンで彼の背後に乗りつけようとしていた。彼女は流れに身を任せていた。

「そうか」と彼は言った。「そうか、わたしは、うん。うーん！　ウェイター！」

「でも」と彼女はいたずらっぽく言った。「今夜はだめよ、アー・マンド」

「いやいや、ケイ。ちょっと寄って見ていったらいい。そんなに遠くないから」

彼女は心のなかで両手に唾を吐き、深く息を吸って飛びこんだ——いったい自分はなんのはずみでこんなとほうもない競技をやると決めたんだろう、とぼんやり考えながら。上品に二回だけまばたきしてそっと言った、「アー・マンド、わたしはあなたみたいに経験豊富なわけじゃないし、それにわたし——」ためらって目を伏せた。「これを完璧なものにしたいの。今夜だとあまりに急すぎるし、楽しみにする余裕もなかったし、すごく遅い時間でふたりとも疲れているでしょう。それに明日は仕事があるけど明後日は休みなの、あとなにより——」ここで彼女は仕上げにかかった。まさにいまここで、これまでの人生でもっともあいまいで色彩豊かな言葉を考えだしたのだ——かわいらしく手をひらめかせてこう言った、「なにより、まだ準備ができてないの」

横目で彼をちらっと見ると、骨張った顔がはっきりと、四つの表情にころころ変わった。またも彼女のなかに驚きが生じた。彼女に想像できる範囲で、この発言にたいしてありうる反応は三つだけだったから。その瞬間、背後にいたギタリストが流れるようなグリッサンド奏法の途中でAの弦の下に小指を引っ掛けた。

アーマンド・ブルーイットが呼吸を整える前に彼女は言った、「明日がいいわ、アー・マンド。でも――」そして頬を赤らめた。子供のころ『アイヴァンホー』と『鹿撃ち名人』を読んで、鏡の前で頬を赤らめる練習をしたものだった。うまくできたためしはなかったが、それでもいま、できていた。「でも、もっと早い時間がいい」彼女はそうしめくくった。

ケイはまた一瞬の驚きを感じた。どうしていままでこんなふうにやってみたことがなかったのだろう、と思ったのだ。

「明日の夜？　来てくれるのかい？」と彼は言った。「本当に？」

「いつがいいかしら、アー・マンド？」彼女は素直にそう言った。

「それなら。うーん。じゃあ――十一時では？」

「あら、その時間は混んでると思うわ。十時、ショーが終わる前はどう？」

「やっぱりきみは頭がいい」彼は敬服しきっていた。

彼女はタイミングをしっかりとつかみ、一気に攻めた。「いつもひとが多すぎよね」と言い、あたりを見回した。「ねえ、一緒に出ないほうがいいわ。念のためにね」

彼は驚きをこめて頭をふり、にっこりした。

「じゃあまずはわたしが――」彼女はそこで言葉を切り、彼の目と口を見つめた。「出て行くことにするわ、こんなふうに」指を鳴らした。「さよならも言わずに……」

彼女はぱっと立ち上がり、ハンドバッグをつかんで走るように出て行った。ステージの隅を横切るとき、あのギタリストが、彼女にちょうど届くくらいの声でほとんど唇を動かさずに言った、

「お嬢さん、バーボンで口をすすぎなさい」

10

検認後見裁判官アーマンド・ブルーイット閣下は、翌日の午後早くに判事室を後にした。濃い茶色のビジネススーツに身を包み、左右を横目でちらちら見ながらタクシーで町を横切り、運転手に料金を払って帰らせ、狭い通りをこそこそと抜けた。とある戸口の前をぶらぶらと二度通り過ぎ、後をつけられていないことを確かめてから、鍵を手にしてさっとなかに入った。

上の階で、彼はこぢんまりした二部屋と簡易キッチンを綿密に点検していった。窓をすべて開けて換気した。ソファのクッションのあいだにはさまっていた七色のシルクのスカーフには、安っぽくて気の滅入(めい)る香水の匂いがついていた。彼はふんと鼻を鳴らしてそれをごみ箱に放りこんだ。「こんなもの、もういらない」

冷蔵庫のなかとキッチンの戸棚とバスルームの飾り棚を確認した。水を出し、ガスと照明をチェックした。サイドテーブルのランプと間接照明用のフロアランプとラジオのスイッチをつけてみた。敷物と分厚いカーテンを小さい電気掃除機で掃除した。満足げなうなり声をあげると、仕上げにバスルームで髭を剃ってシャワーを浴びた。続いてタルカムパウダーを雲のようにはたき、オーデコロンを煙霧のように噴射した。足の爪を切りそろえて姿見の前に半裸で立ち、多彩で異様なポーズを決め、バラ色の楽観に満ちた自惚れで自分の姿にうっとりした。

落ち着いた格子縞の上着を着て、瞳孔が縮んでもはっきり見えそうなデザインのネクタイを締め、鏡の前に戻るとまた十五分は陶然として過ごした。腰を下ろすと無色のマニキュアを爪に塗り、たるんだ手をばたつかせながら夢見心地でうろつき、あれやこれやと事細かに想像しながら、洗練されてウィットに富んだ掛け合いの一部を小声で暗唱した。「だれがきみの目を磨いたんだろうね?」とつぶやいた。それから「いとしい、いとしい人よ、気にしないで、ほんとうにたいしたことじゃない。ハーモニーの研究さ、身体で複雑な演奏をはじめる前の……だめだ、そこまで彼女は大人じゃない。ふむ。きみはぼくのコーヒーのなかのクリームだ。ちがう!　そこまでおれは年寄りじゃない」

こうして彼はその日の午後をじつに気分よく過ごした。八時半に家を出て、シーフードレストランで豪勢な食事をした。九時五十分に〈クラブ・ネモ〉の隅のテーブルに落ち着き、輝く爪を下襟で磨き、何度も唇を湿らせてはナプキンで軽く叩いて拭いた。

十時に彼女がやってきた。

昨夜の彼は、相手がダンスフロアにさしかかったときに立ち上がった。だが今夜は彼女がそこにたどり着く前に椅子から腰を上げ、そばまで行った。

それは様変わりしたケイだった。彼女にたいしてブルーイットが抱いた、もっとも淫らな夢想の結晶だった。

うしろに撫でつけられてふんわりと小さく波打つ髪が顔を縁取っていた。たくみに塗られたアイシャドーは青い目のそばで紫がかって見えた。分厚く丈の長いクロークコートを身につけ、その下には一見上品だがぴったりと肌に沿って艶めく黒いサテンの上着を着て、スリットの入った黒いスカートをはいていた。

「アーマンド……」と彼女はつぶやき、両手を差し出した。

ブルーイットはその手を取った。なにも言えないまま口が開いて閉じるのを二度くりかえしていると、彼女はその脇を通り過ぎ、ゆったりとくつろいだ大股でテーブルに向かった。彼はその後を追いながら、演奏が始まったときに彼女が立ち止まり、ギタリストに軽蔑の視線を投げるのを見た。テーブルで彼女は喉元の留め金をはずし、堂々とした仕草でコートをするりと下に落とした。アーマンド・ブルーイットがコートを受け止めると同時に彼女は椅子に滑りこんだ。彼がそこに立ち尽くし、長いあいだ目を丸くして眺めるだけだったので、彼女は笑った。「なんにも言わないつもり?」

「言葉が出なかったんだ」と彼は言い、思った――われながらうまいことを言ったぞ。

ウェイターが来たので彼女の酒を注文した。ダイキリだ、今夜は。こんなにシェリー・フリップを連想させない女は見たことがない。

「ぼくはとんでもなくラッキーな男だ」と彼は言った。リハーサルにないことを言ったのは二回つづけてだった。

「わたしほどじゃないわ」と彼女が言うと、その言葉は心から言っているように響いた。彼女はピンク色の舌先を突き出し、目をきらりと光らせて笑った。ブルーイットの目の前の空間が渦巻きはじめた。彼女の両手を見下ろすと、ちいさな化粧ポーチの留め金をもてあそんでいた。

「手をちゃんと見たことがなかったよ」と彼は言った。

「じゃあぜひ見てください」彼女は目を輝かせた。「あなたの言うことってとっても素敵、アー・マンド」そして両手を彼の手に重ねた。長くたくましい手で、てのひらは角張っていて指先は細く、まちがいなくこの世でもっとも滑らかな肌をしていた。

飲み物がきた。彼はしぶしぶ手を放し、ふたりは身を引いて見つめ合った。「待ってよかったでしょ？」と彼女が言った。

「ああ、うん。うむ。そうだね、ほんとに」急に待つことが耐えがたくなった。ほとんどうわの空で自分のグラスをひっつかみ、飲み干した。

ギタリストが音をとちった。彼女は気分を害したようだった。アーマンドは言った、

「この店も今夜はそんなに素敵とは言えないね？」

彼女の目がきらめいた。「もっといいところを知ってる?」と、そっと尋ねた。

彼の心臓がせり上がり、喉仏(のどぼとけ)の下で脈打った。やっとのことで「もちろん知ってるよ」と言った。

彼女が頭を傾けてすばらしくひかえめな黙従を示すと、彼は心に深い痛みのようなものさえ感じた。代金をテーブルに投げてコートを彼女の肩にかけてやり、連れ立って外へ出た。

タクシーが歩道の縁石を離れるのとほとんど同時に、車内でアーマンドが彼女に飛びついた。彼女は身動きするそぶりをほとんど見せず、コートのなかで身をひねって彼から離れた。彼の手には布だけが残り、ケイの横顔はかすかに微笑んで首を振っていた。言葉にこそ出さなかったが、それはにべもない「ノー」だった。それはまた、撥水(はっすい)加工されたサテンの摩擦係数の低さを讃(たた)えるしぐさでもあった。

「きみがこんな人だったとは知らなかった」と彼は言った。

「どんな人だったの?」

「昨夜はこんなふうじゃなかったよ」彼はまごついた。

「どんなふうだったの、アー・マンド?」からかうような言いかただった。

「きみはそこまで——その、自信があるようには全然見えなかった」

彼女は彼を見つめた。「心の準備が――できてなかったの」

「ああ、なるほどね」彼は納得したふりをした。

それきり会話は途切れ、彼は隠れ家に近い通りの交差点で運賃を払った。この状況は自分の手に余るようだと感じはじめていた。だが、ここまでそうだったようにいまも彼女の手の内にいるのなら、喜んでそれに従うつもりだった。

汚れた狭い道を歩きながらアーマンドは言った、「ここにあるものは見ちゃだめだよ、ケイ。二階に上がればみちがえるからね」

「どこでもおなじよ、あなたがそばにいれば」彼女はそう言って路上のゴミを飛び越えた。彼はとても嬉しくなった。

一緒に階段を上り、彼は大きな身振りでドアを押し開けた。「うつくしいお嬢さん、ようこそ逸楽（えつらく）の民の国へ」

彼女はバレエのピルエットのようにくるくる回ってなかに入り、カーテンとランプと絵をほめそやした。彼はドアを閉めてかんぬきをすべらせ、帽子をソファの上に落として彼女に忍び寄った。背後から腕を回そうとすると、彼女は飛ぶように逃げた。「そんなはじめかたってないわ！」と歌うように言った。「そんなとこに帽子を置くなんて。ベッドに帽子を置くのは縁起が悪いって知らないの？」

「今日はぼくのラッキー・デイだ」彼はきっぱりと言った。

「それはわたしも」と彼女は言った。「だから台無しにしないようにしましょ。いままでもずっとここにいて、これからもずっといるようなつもりで過ごすの」

彼はにっこりした。「いいね」

「よかった。それなら」彼が近づくと、彼女は部屋の隅から逃れた。「急がなくてもいいよね。なにか飲むものはない？」

「ウイスキーもあるよ」と彼はさえずるように言った。簡易キッチンの扉を開いた。

「なにがいい？」

「わあ、すてき。ね、わたしにやらせて。あっちの部屋に座っていらして、あなた。これは女の仕事だから」彼をキッチンから締め出すと、彼女はせっせとカクテルを作りはじめた。

アーマンドはソファにゆったり横になって足をメープル材のコーヒーテーブルに載せ、グラスとマドラーが向こうの部屋でカチャカチャと鳴る心地よい音を聴きながら、つれづれに思いを巡らしていた——もし彼女に毎朝スリッパを持ってこさせることができたら、と。

小さなトレーにハイボールの細長いグラスをのせてバランスを取りながら、彼女がすべるように入ってきた。片手を後ろに回したましゃがみ、コーヒーテーブルにトレーを置くと、彼女は安楽椅子にするりとおさまった。

「なにを隠してるんだい？」と彼は尋ねた。

「秘密」

「こっちへおいで」

「まずはちょっとお喋りしましょう。お願い」

「ちょっとか」彼は忍び笑いをもらした。「きみが悪いんだ、ケイ。きみはほんとうに美しい。うん。きみはぼくをおかしくさせる――向こうみずにさせる」彼は両手を擦り合わせはじめた。彼女は目を閉じた。「アーマンド……」

「なんだい、お嬢さん」彼は答えた、いかにも偉そうに。

「だれかを傷つけたことはある？」

彼は身を起こした。「ぼくが？　ケイ、怖いのかい？」ほんの少し胸を張った。「ぼくが怖いのかい？　そんな、きみを傷つけたりしないよ、ベイビー」

「わたしのことを話してるんじゃないの」彼女は言った。少し苛立っている。「ただ訊いただけ――だれかを傷つけたことはある？」

「そんな、もちろんないよ。つまり、故意にはね。忘れちゃいけない――ぼくの仕事は判事だよ」

「判事ね」美味しいものを味わうように彼女は言った。「人を傷つけるにはふたつの方法があるの、アーマンド――外側の、見えているところを傷つけるのと、内側の、心のなかを傷つけるのと。傷はそこに残って、膿(う)み続ける」

「わからんな」と彼は言った。混乱がつのるほどに尊大さが戻ってきた。「ぼくがだれを傷つけたって？」

「たとえばケイ・ハローウェル」彼女は他人事(ひとごと)のようにそう言った。「彼女に脅迫めいた圧力をかけたでしょう。あなたが罪人なのは彼女が未成年だからじゃない。そんなのは書類上の罪状でしかないし、それだって州によっては罪にならない」

「ねえ、いいかい、お嬢さん――」

「――そうではなくて」彼女は落ち着き払って続けた。「彼女の人間にたいする信頼を、あなたが意図的に壊したからよ。人として当然の道義(ジャスティス)というものがもしあるなら、その基準に照らしてあなたは有罪となる」

「ケイ――いったいどうしたんだ？　なんの話をしてる？　こんなことはもうたくさんだ！」彼は体をそらして腕を組んだ。彼女は静かに座っていた。「冗談なんだろう。そうだろう、え？」

　あいかわらず淡々と、他人事のように彼女は話し続けた。「あなたの罪はさっき言ったふたつのやりかたで人を傷つけたこと。身体の、外から見えるところを傷つけ、そして心を傷つけた。あなたもふたつのやりかたで罰を受けるのよ、ブルーイット判事」

彼は鼻から息を吐いた。「もうたくさんだ。こんなことのためにきみをここへ連れてきたんじゃない。やはり思い出させないといけないようだな。からかわれるような男じゃないんだ、ぼくは。うむ。きみの遺産の問題は――」

「からかっているわけじゃないの、アーマンド」彼女は低いテーブル越しに身を乗り出した。彼は手を挙げてさえぎった。「なにが望みだ？」思わず小さく張り詰めた声が出た。

「あなたのハンカチ」

「ぼくのハン――なんだって？」

彼女は胸ポケットからそれをむしり取った。「ありがと」と喋りながらハンカチを振って広げ、二箇所の角で結び目をつくった。左手をその輪に通し、肘のすぐ下でとめた。「まず目に見えないほうの仕方で罰します」情報を提供するような口調だった。「あなたがかつてどんなふうに人を傷つけたのかを思い出して、二度と忘れられないようにね」

「いったいなんのたわごとを――」

彼女は右手を背中に回し、隠していたものを取り出した――真新しく、鋭く、重い肉切り包丁だ。

アーマンド・ブルーイットはすくみ上がり、ソファのクッションにへばりついてあえいだ、「ケイ――やめてくれ！　やめて！」真っ青だった。「触ってもいないだろ、ケイ！　話がしたかっただけだ。きみと――きみの弟を助けたかったんだ。それを置いてくれ、ケイ！」恐怖でよだれを垂らしていた。「友達にはなれないのかい、ケイ？」彼は哀願した。

「やめろ！」彼女は小声で制した。そして肉切り包丁を高くかかげ、左手をテーブルの上に置き、彼のほうにかがみこんだ。彼女の顔は、彫りの深い曲線の上に平面と直線が折り重なって、徹底的な軽蔑の仮面と化していた。「身体への罰がこの後にあると言ったからね。待っているあいだ、そのことをよく考えておくといいわ」

　肉切り包丁が振り下ろされ、そこにしなやかな身体の全体重がかかった。アーマンド・ブルーイットは叫んだ――滑稽で、しわがれた、かぼそい声で。目を閉じた。肉切り包丁がコーヒーテーブルのみっしりした表面に食いこんだ。アーマンドは身をよじってもがきながらクッションにはりつき、壁づたいに這って、もう下がれなくなるまで後ずさった。ソファの上で、四つん這いの馬鹿げた格好で隅に身体を押しつけ、顎からは汗と唾を垂らした。彼は目を開けた。

　彼のヒステリックな動きはわずか一瞬でなされたものらしかった。彼女はまだテーブルに身を乗り出し、包丁の柄を握っていた。刃の先端は分厚い木材に埋まっていたが、その手前で彼女の手の肉と骨を切り落としていた。

　彼女はブロンズ製のペーパーナイフをつかみ、腕に巻いていたハンカチの下に差しこんだ。身を起こすと、切断された三本の指の断面から色鮮やかな動脈血が噴き出した。顔は化粧の下で青ざめていたがあとはなんの変化もなく、いまなお誇り高い、混じり気なしの軽蔑の表情を浮かべていた。まっすぐ高々と立ち、ペーパーナイフを回してハンカチを絞めて止血帯にし、彼を見下ろした。彼が下に目をそらすと彼女は吐き捨てるように言った、「あんたの計画よりいいんじゃない？　これでわたしの一部をずっとあんたのものにしておけるのよ。使い終わって返すよりはるかにいいでしょ」

ハンカチを絞めると噴き出している血の勢いは弱まり、滴り（したた）になった。やがて彼女は化粧ポーチを置いていた椅子に近づいた。がさごそと化粧ポーチを探り、ゴム手袋を引っ張り出した。止血帯を脇腹で押さえ、その手に手袋を通して手首まで引っ張った。

アーマンド・ブルーイットは吐きはじめた。

彼女はコートをはおってドアに向かった。

かんぬきを引いて開けながら、彼女は誘惑するような声で言った。「すっごくよかったわ、いとしいアー・マンド。またすぐやりましょうね……」

アーマンドには、パニックの穴に落下してから這い出るまでに一時間近くかかったように思えた。そのあいだずっと自分の吐瀉物（としゃぶつ）にまみれてソファにうずくまり、包丁とまだ白い指を見つめていた。

三本の指。

三本の左手の指。

心の奥のどこかで、指はなにかを伝えていた。そのメッセージが意識に浮かび上がってくるのを彼は拒んだ。それが浮上してくるのを恐れながらも、避けられないのはわかっていた。彼にはわかっていた——そうなったとき、身を滅ぼすような恐怖を知るだろう、と。

11

愛するボビー、と彼女は書いた。あなたが「住所不明」と記されて返送された手紙を手にしていると考えるとたまらない気持ちになります。わたしは元気です。まずはそのことを伝えておかないと。わたしは元気よ、お猿さん。だから心配しないでね。あなたのお姉さんは元気です。

でもすっかり混乱しているの。上品で規律正しい病院にいるあなたなら、わたしがなんでそうなっているのかがよくわかるんじゃないかしら。できるだけ手短に、わかりやすく話します。

わたしがオフィスで働いていた朝、あのいやらしいブルーイット判事が入ってきました。ワットルズ・ハートフォードさんに会う前に少し待たなきゃいけなかったのだけど、あいつはその時間を使っていつものようにじめじめした言葉で言い寄ってきたの。しばらくはうまくあしらっていたけど、あの不潔なおいぼれイタチ野郎はパパのお金のことを持ち出してきました。わたしが二十一歳になったら、遺産がわたしたちのものになるのは知っていますよね——でも、昔の共同経営の取り決めがまた持ち出されたら話は別。そうなったら裁判になりかねません。ブルーイットはまさにその共同経営者だっただけじゃなく——遺言検認判事でもあります。たとえこの件を審理する人物としてふさわしくないと言って彼を失格にできても、代わりにその席につく人間を指名できるのも彼なのです。とにかく、どんなにいやらしいことでもわたしが判事さまの意に沿うようにすれば、遺言に異議は唱えられないですむ、というわけです。ボビー、ほんとうに怖かった。あなたの残りの学費を遺産から捻出しなきゃいけないのは知っているでしょ。どうすればいいのかわからなくて、考える時間が必要だった。わたしはその日の夜のとても遅い時間に、彼とナイトクラブで会うことを約束しました。

ボビー、恐ろしかった。あのよだれを垂らしたおいぼれが一瞬席を立ったとき、テーブルに残されたわたしは爆発寸前でした。戦うべきか逃げ出すべきかもわからなかった。ほんとうに怖かったです。でもそのときとつぜん、そばに立って話しかけてくる人がいたの。きっとわたしの守護天使だったんだと思う。彼は判事とわたしの話を聴いていたみたいで、わたしにいますぐ逃げてほしい、と言うの。はじめは彼のことも怖かった。でも彼の顔を見たらね、ああ、ボビー、とってもやさしい顔だった！　わたしにお金を渡そうとしてきて、わたしが断ろうとすると、返したいと思ったときにいつでも返しにくればいい、って言うのよ。いますぐに街を出て列車に乗るんだ、どの列車でもいい、と言って、どの列車に乗るかも知ろうとしなかった。そしてわたしが引き止める間もなく、彼はわたしのバッグに三百ドルを押しこんで立ち去ったの。最後に、判事と明日の夜のデートを約束して、と言い残して。わたしはなにもできなかった——彼がいたのはほんの二分くらいだったと思うけど、彼はそのあいだほとんど一秒と間をあけずに話し続けていたから。やがて判事が戻ってきました。わたしは堕落した女みたいにおいぼれにウインクをして、明日の約束をして、逃げました。二十分後にはエルトンヴィル行きの列車に乗って、着いてもホテルに泊まったりはしなかった。店が開きはじめるまで待って、小さい旅行鞄と歯ブラシを買って部屋を借りました。何時間かだけ眠って、その日の午後には町に一軒だけのレコード屋さんの仕事を見つけられたのよ。週給二十六ドルだけど、十分やっていけています。

でも、地元のほうがどうなっているのかはわからないの。なにか耳に入るまでは息を潜めているつもり。でも待つのはかまわない。時間はあるし、しばらくのあいだはわたしも大丈夫だから。手紙はしょっちゅう書くけど、住所は教えられません。ブルーイット判事がなんらかの方法で郵便を手にするかもしれないし。気をつけるに越したことはないです。彼は危険な男だから。

そういうわけで、ボビー、いまのところはこんな感じです。これからどうなるんだろう？　遺言検認判事閣下殿について地元の新聞になにか載っていないか注意しながら、あとはなんとかなるだろうと思うだけね。あなたのほうだけど、ちっちゃな足りない頭をわたしのことで悩ませないでね、ボビー。わたしは元気でやってるから。給料が前より何ドルか安いだけで、ここにいればはるかに安全です。仕事もきつくないし。音楽好きって、とっても素敵な人たちなのよ。はっきりした住所を教えられないのはつらいけど、やっぱりいまは伝えないほうがいいと思う。もしかしたら一年くらいは続けなきゃいけないかもしれないけど、たいした損失じゃないです。がんばってね、ボビー。わたしは絶対にあなたの味方。手紙をたくさん書くからね。

XXX

あなたを愛するケイ姉さんより

（この手紙は、アーマンド・ブルーイットが雇った空き巣が、州立医科大学の学部生ロバート・ハローウェルの部屋から盗み出したものである。）

12

「ええ──わたしがピエール・モネートルです。お入りなさい」彼が脇によけると、ひとりの娘が入ってきた。

「ご親切にありがとうございます、モネートルさん。大変忙しいのは承知しています。それに、あなたに助けをもとめるのは見当違いかもしれないんですが」

「できるとしても実際にお助けするかはまた別ですよ」と彼は言った。「座りなさい」

彼女が腰かけた合板でできた椅子はデスク兼実験台の隅にあって、その机はトレーラーの奥の壁の大部分をふさいでいた。モネートルは冷ややかに彼女を見た。なめらかな金色の髪と、ときに灰色がかった青色で、ときにスカイブルーより暗い色合いの目──冷静さを装ったその奥にあるものを、彼の鍛えられた洞察力はたやすく見てとった。彼女は動揺している、と彼は思った。恐れていて、そのことを恥じてもいる。モネートルは待った。

彼女は言った。「知りたいことがあるんです。何年もまえのことです。ほとんど忘れかけていたんですが、あなたのカーニバルのポスターを見て、思い出したんです……違うかもしれないけれど、万一——」彼女は両手を揉んだ。モネートルはそれを見つめてから、冷たい視線を彼女の顔に戻した。

「すみません、モネートルさん。要点をうまく話せないみたいです。なにもかもすごくあいまいで、でもすごく——すごく大事なことなんです。わたしがまだ小さかった、七歳か八歳のころ、学校の同じクラスの男の子がいなくなりました。わたしと同い年くらいで、継父とのあいだに恐ろしい争いごとがあったみたいなんです。たしか怪我をしていました。手です。どのくらいひどかったのかはわかりません。町で彼を最後に見たのはわたしだったと思います。それから彼を見た人はいませんでした」

モネートルは紙を数枚手に取り、場所を変えて置いた。「そのことでわたしになにができるのか、まったくわかりませんな。ミス——」

「ハローウェルです。ケイ・ハローウェル。どうか最後まで聴いてください、モネートルさん。あなたに会うためだけに五十キロの道を来たんです、ほんの少しの可能性も逃したくなくて——」

「もし泣いたら出ていってもらう」モネートルはしゃがれた声で言った。あまりに粗暴な声に彼女はびくっとした。すると彼はやさしさをこめて言った、「続けなさい」

「ありがとうございます。では手短に……日が沈んだばかりの、雨模様の、霧のかかった夜でした。わたしたち家族はハイウェイ沿いに住んでいて、わたしは裏口に出る用事があって……なんだったかは覚えていないんですが……とにかく、彼がそこにいたんです、信号機の横に。声をかけました。彼は自分を見たことはだれにも言わないでくれと言って、わたしはいまのいままで言いませんでした。それから——」彼女は目を閉じ、見るからに記憶を隅々まで呼び戻そうとしているようだった。「——だれかに呼ばれたんだと思います。家の門に向かって、彼を残していきました。でももう一度ちらっと見たら、彼は信号で停まっていたトラックの後部によじ登るところでした。あれはあなたのカーニバルのトラックだった。それは間違いないんです。あのペンキの絵があったし……そして昨日、カーニバルのポスターを見たとき、そのことを思い出しました」

モネートルは黙ったままで、その深く落ちくぼんだ目に表情はなかった。やがて彼女が話を終えたことに、とつぜん気づいたようだった。「それが十二年前のことだと？　そして、その少年がカーニバルにたどり着いたのかどうかを知りたいということですか」

「はい」

「彼は来ていない。もし来ていたら、まちがいなく知っているはずだ」

「ああ……」それはかすかな声で、打ちひしがれたようでも、諦めがついたようでもあった。どうやら予期していたのはこの答えだけだったようだ。ひと目でわかるそぶりで気持ちを立て直した彼女は言った、「歳のわりには小柄な子でした。髪と目は真っ黒で、目鼻立ちははっきりしていました。名前はホーティー――ホートンです」

「ホーティー……」モネートルは記憶をさぐった。そのふたつの音節には、どこか慣れ親しんだ響きがあった。だとしたら、どこで……彼は首を振った。「ホーティーという少年に心当たりはありませんな」

「どうか思い出してください、お願いします！　あなたなら――」彼女は相手を鋭い目で、問いかけるように見た。彼はこう答えた、「間違いありませんよ」

彼女は笑みを浮かべた。「ありがとうございました。ところで、ある男がいます、恐ろしい人物です。以前はその少年の保護者だった人です。古い訴訟に関することで、その男はわたしに酷いことをしています。わたしには成人したら受け取ることになっているお金があるのですが、彼のせいでそれが受け取れなくなるかもしれません。必要なお金なんです。わたしのためじゃなくて、弟のために。彼は医者になろうとしていて――」

「わたしは医者が嫌いだ」モネートルは言った。自由の鐘があるように、もし憎悪の鐘があるとするなら、彼がその言葉を発した声と同じ音で鳴っただろう。彼は立ち上がった。「ホーティーなどという名前の、十二年前に消えた少年のことはなにも知らない。知っていても彼を探し出すことに興味はないし、そうすることでひとりの若者が甘やかされ、やがて患者を騙すような人間になるならなおさらだ。わたしは人さらいではないし、そんな懸念があるだけじゃなく、脅迫の匂いまでするような捜索には関わりたくない。ごきげんよう」

彼女も一緒に立ち上がった。目を丸くしていた。「わたしは――ごめんなさい。わたし、ほんとうに――」

「ごきげんよう」今度の声はビロードのようだった。自分のやさしさが一種の妙技であり、表面を覆うものにすぎないことを伝えるために、注意深く発された声だった。彼女は出口に向かってドアを開けたが、立ち止まって肩越しに振り返った。「住所をお伝えしてもかまわないですか、もしかしたら、いつか――」

「ないでしょうな」と彼は言い、背を向けて座った。ドアが閉まる音がした。

目を閉じると、彼の弓なりになった細長い鼻の穴はふくらみ、丸くなった。人間ども、人間ども、そして連中のややこしい、無意味で、取るに足らない策謀。人間に神秘はない。謎はない。「それがなんの得になるのか?」という問いだけで、人間の営みのすべてが説明できるのではなかろうか……そんな人間どもに、利益という概念と縁がないような生命のなにがわかるというのだろう？　彼が研究している水晶族について、なにか言える人間がいるか？　コミュニケーションを取れるのにあえてしようとせず、協力し合えるかもしれないのにそれを拒絶するような、生きた宝石について？

そしていったい――自然と笑みがこぼれた――そんな異質なものと戦わねばならなく

なったら、人間どもはどうするだろう？　進軍はしても奪取した場所を固めて強化することは拒絶し——べつの方法で、べつの場所に、べつの種類の進軍を続けるような敵と向き合うことになったら？

モネートルはひそかな夢想のなかで水晶体たちを先導し、うようよと群がる愚かな人類に差し向けた。自分のつまらない金儲けのために長らく行方知れずの子供を探している娘の要領を得ない心配事などは、頭のなかで追い払われた。

「失礼——人喰いさん」

「まったく！　つぎはなんだ？」

ドアが遠慮がちに開いた。「人喰いさんよ、ここに——」

「入れ、ハバナ、そしてはっきり喋れ。ぶつぶつ言うやつは好かん」

ハバナは葉巻を入口のステップに置いてから、おずおずとなかに入った。「あんたに会いたいって人が来てるよ」

モネートルは肩越しに苦々しい顔を向けた。「おまえ、髪が白くなったな。残っているところがあるぞ。染めろ」

「はいはい、わかりましたよ。午後になったらすぐに。すみません」彼は気の毒なほどそわそわしていた。「その男は——」

「今日の面会はこれで終わりだ」モネートルは言った。「不可能かつ無意味なことを求めてくる、役立たずの人間どもめ。ここから出ていった娘を見たか？」

「ええ。伝えたかったのはそのことでね。この男も娘を見てたんですよ。ほら、あんたに会いたがっている男がね。この人はジョンウォードにあんたの居場所を訊いて、それで――」

「ジョンウォードはクビだな。あいつは先発員で取次係じゃない。わたしを苛つかせる人間を連れてくるのがあいつの仕事か？」

「この人とは会っておいたほうがいいと思ったんじゃないかな。大物だし」ハバナはおどおどした様子で言った。「この人があんたのトレーラーまで来て、あんたは忙しいだろうか、とおれに訊いてきたんで。そうだな、だれかと話しているみたいだから、っておれは言った。彼は待つと言ってさ。ちょうどそのときドアが開いて、あの娘が出てきたんだ。彼女が手をドアにかけて振り返ってあんたになにか言っただろう、そしたらこの男が、大物がだよ、急にヒューズが飛んだみたいになってさ。嘘じゃないよ人喰いさん、あんなのいままで見たことない。おれの肩をつかんでさ。一週間はアザが残りそうな力だった。『あいつだ！　あいつだ！』って言うんだ。おれが『だれ？』って訊くと、彼は『あいつに見られちゃだめなんだ！　あいつは悪魔だ！　指を切り落としたのに、また生えている！』」

モネートルはぴんと背を伸ばして回転椅子を回し、小人の顔に向き合った。「続けろ、ハバナ」やさしいほうの声でそう言った。

「いや、これで全部だよ。それで彼はゴーゴリの舞台の裏手に逃げこむと、しゃがんで隠れて、あの娘が前を歩いて通り過ぎていくのを覗いていた。彼女は気づいていなかったよ」

「いまはどこにいる?」

ハバナはドアの隙間を覗いた。「まだそこにいるよ。だいぶ調子が悪そうだ。発作かなにか起こしてるんじゃないかな」

モネートルは席を立ち、ハバナが道を開けるかどうかはまったくお構いなしに勢いよく外に出た。小人は脇に飛びのいて進路を開けたが、モネートルの尖った腰骨をかわすには間に合わず、それはぎょっとするほどの勢いでハバナの丸っこい頬骨をかすった。

モネートルは舞台裏で縮こまっている男のそばへ飛んでいった。膝をついてしっかりとした手を男のひたいに添えると、じっとりして冷たかった。

「もう大丈夫ですよ、あなた」彼は深い、なだめるような声で言った。「わたしといれば絶対に安全です」安全、ということを強調したのは、原因がなんであれ男がびしょ濡れで震え、恐怖でほとんど茫然自失状態だったからだ。モネートルはなにも問わずにささやき続けた。「わたしがついています。これ以上ないほど安全ですよ。いまはなにも起こりえません。いらっしゃい——一杯飲みましょう。きっと元気になります」

男の湿った目がじわじわとモネートルに焦点を合わせた。その目にゆっくりと意識が宿り、いくらかの決まり悪さもあらわれた。彼は言った、「ふむ。あー、ちょっとした――ふむ……めまいの発作ですよ。すみません……ああ」

モネートルは丁寧に彼を立たせ、茶色の中折れ帽を取って埃をはたいた。「事務所はすぐそこです。ぜひいらして、お座りなさい」

モネートルはたくましい手を男の肘に添えたままトレーラーまで連れてゆき、ステップをふたつ上るのを助け、彼の後ろから手を伸ばしてドアを開けた。「しばらく横になりますか？」

「いえ、けっこうです。ありがとう、ご親切にどうも」

「では、お掛けなさい。悪くない座り心地ですよ。気分がよくなるものをお持ちしましょう」彼は簡易ダイヤル錠を開け、熟成した黄褐色のポートワインを選んだ。デスクの引き出しから小さな薬瓶を出してグラスに二滴注ぎ、そこにワインを満たした。「飲みなさい。気分がよくなります。アモバルビタールを少々入れました――神経を鎮静させます」

「ありがとう、ありが――」彼はむさぼるように飲み干した。「――とう。あなたがモネートルさんですか？」

「その通りです」

「わたしはブルーイット判事。遺言検認判事です。ふむ」

「お会いできて光栄だ」

「そんな、そんな。わたしは……わたしはあなたにお会いするために車を八十キロ走らせてきてですね、道のりが二倍あったとしても喜んで伺う気持ちでしたよ。あなたの評判はすごいですからな」

「実感したことはありませんが」とモネートルは言いながら、このしょんぼりした奇人の偽善ぶりはわたしにも劣らない、と思った。「なにかお困りですか？」

「ふむ。では、失礼して。じつは——ええと——科学的な興味がありまして。雑誌であなたの記事を読んだんですよ。あなたはバケモ——いえ、奇妙な人々やそんなものについて、この世のだれよりもよく知っているそうで」

「そんなことは言っていません」モネートルは言った。「彼らとともに働きだしてじつに長い年月が経っているのは事実だが。あなたの知りたいことは、つまり、なんです？」

「ああ……本を読んでもわからない事柄です。科学者と呼ばれている者に尋ねてみたとしても、連中は本に載っていないようなことは笑い物にするのです」

「わたしにも経験がありますよ、判事。わたしはもちろん笑ったりしません」

「すばらしい。ではお尋ねしたい。つまり、あなたはお聞きになったことがおありですかな？」

「どのような再生ですか？　ネマトーダの帯？　細胞の回復？　昔ながらの無線受信機の話をされているのかな？」

モネートルは目を閉じた。この馬鹿が本題に入る日は来るのか？「どのような再生か——その——再生について？」

「お願いです」と判事は言い、弱りきっているという仕草をした。「わたしはまったくの門外漢なのです、モネートルさん。簡単な言葉を使ってもらわなくては困ります。わたしが知りたいのは——深刻な切り傷を受けたあとに、どの程度の復元ならありえるのかということです」

「どのくらい深刻な傷ですか？」

「ふむ。切断と言っていいと思います」

「そうですか。それは程度によりますよ、判事。指先ならありえないことはない。欠けた骨は、驚くべきことにまた生えてきます。あなたの場合の——あなたの念頭にある再生は、こう言ってよければ、やや普通ではないということですね？」

長い沈黙があった。モネートルは判事が青くなっているのに気づいた。判事にまたワインを注ぎ、自分のグラスも満たした。興奮がモネートルの内につのってきた。

「まさにそのような例を知っているのです。少なくとも、わたしには……うむ。わたしには異常に見えました。つまり、わたしはその切断をじかに見たのです」

「腕ですか？　下肢か、それとも足ですか」

「三本の指です。三本の指まるごとです」と判事は言った。「生え変わっていたように見えました。それも四十八時間以内にです。著名な骨学者にこのことを尋ねたら、とんでもない冗談のように扱われました。本気だと思ってくれないのです」とつぜん彼は身を乗り出し、そのあまりの勢いに顎のたるんだ皮膚が揺れた。「ついさっきここを出ていった娘は何者です？」

「サインを求める猟犬ですよ」モネートルはうんざりした調子で言った。「まったく取るに足らない人間です。続けなさい」

判事はつらそうに唾を飲んだ。「彼女の名は――ケイ・ハローウェルです」

「そうでしょうとも、そうでしょうとも。話題を変えるのですか？」モネートルはもどかしそうに尋ねた。

「変えていません」判事は熱くなって答えた。「まさにあの娘、あの化け物が――よく見えるところで、まさにわたしの目の前で、左手の三本の指を切り落としたんです！」彼はうなずき、下唇を突き出し、腰を下ろした。

ブルーイットがするどい反応を期待していたとするなら、それは裏切られなかった。モネートルは勢いよく立ち上がってどなった、「ハバナ！」大股でドアに向かい、また叫んだ。「どこにいる、あのちびでデブの――おっと、ここにいたか、ハバナ。さっき出て行った娘を探してこい。わかったか？　見つけて連れ戻すんだ。なにを言ってきかせてもかまわん、見つけてここに連れてこい」パンと手を叩いた。「走れ！」

席に戻った彼の顔はひきつっていた。両手を見つめ、それから判事を見た。「それは確かなのですね」

「はい」

「どちらの手です？」

「左です」判事は指を差しこんで襟元をゆるめた。「あの――モネートルさん。もしあの少年が彼女をここに連れ戻してきたら、ねえ、その――わたしは、つまり――」

「彼女を恐れているようですな」

「いえ、その――そうは言いませんが」と判事は言った。「ええ、ぎょっとはしましたよ。ふむ。あなたも驚いたでしょう？」

「いいや」モネートルは言った。「あなたは嘘をついておられる」

「わたしが？　嘘をついている？」ブルーイットは胸をそらし、カーニーのボスを苦々しげに見た。

モネートルは薄目を開け、指を折って列挙しはじめた。「数分前にあなたが怖がっていたのは、娘の左手を見たからでしょう。あなたはあの小人に、指が生え変わっている、と言ったそうですな。あなたが手の再生を見たのはあきらかにこれが初めてです。にもかかわらず、あなたはすでにそのことについて骨学者に相談したと言った」「そのなかに嘘はいっさいない」ブルーイットはかたくなに言った。「そう、わたしは彼女がこの戸口に立っているときに復元した手をたしかに見たが、それを見たのは初めてだった。でも彼女が指を切り落としたのも前に見たんだ！」「再生を見たのが初めてならなぜ」とモネートルが尋ねた、「ここへ再生のことを尋ねに来ることができるのですか？」答えかねてまごついている判事を見ながら彼は続けた。「いいですか、ブルーイット判事。あなたがそもそもここへ来た理由を言わないつもりなら──あなたはその再生を以前にも見たことがあったのか。ああ。これが真相のようだ」彼の目が燃え上がった。「すべてを話したほうがいいと思いますよ」「そうじゃない！」判事は抗弁した。「いいですか、モネートルさん、反対尋問はたくさんです。どういうつもりで──」

モネートルは抜け目なく、この濡れた目をした男の周囲を漂う恐怖に触れた。「あなたはご自身が想像するよりはるかに危険な状況にある」とさえぎった。「わたしはその危険の正体を知っていて、おそらくわたしだけがこの世でただひとり、あなたを助けられる者なんだ。わたしに協力しなくてはいけませんよ、判事どの。もしこの機会を逃せば──それなりの結末が待っているでしょう」モネートルが自在に語気を弱め、やわらかく反響する声でそう言うと、判事は我を忘れそうなほど怯えたようだった。ブルーイットの蒼白な顔に次々と映し出される想像上の恐怖が控えめに言ってもじつに多彩だったのだろう、モネートルはかすかに微笑み、椅子にゆったりと背をあずけて待った。

「ちょっ――ちょっといいですか……」判事はさらにワインを注いだ。「はあ。じゃあ、ええと――モネートルさん。まずお伝えしておきたいのは、いままではすべてのことが一種の――臆測だったのです。つまり、あの娘をついさっき見かけるときまでは。ついでながら、わたしは彼女に見られたくないんです。どうか――」

「ハバナが彼女を連れてきたら、あなたを視界に入らないところに案内しましょう。続けなさい」

「よかった。ありがとうございます、モネートルさん。さて、わたしは数年前、ひとりの子供を家に迎えました。醜いちびの怪物です。こいつが七歳か八歳のころに家から逃げ出しました。それ以来、消息は聞いていません。いまごろは十九歳くらいになっていると思います――もし生きていればね。そして――そして、こいつとあの娘のあいだにはなんらかの繫がりがあるようなのです」

「どのような?」モネートルが促した。

「ええ、か、彼女は、あいつについてなにか知っていたようなのです」そこでモネートルが苛立たしげに足を動かしたので、ブルーイットは思わず口走った。「つまりですね、ちょっとしたトラブルがあったのです。その少年はじつに厄介なやつでして。わたしはそいつを打ちすえてクローゼットに押しこんだんです。そのときやつの手が――完全な事故ですよ、おわかりですね――扉の蝶番（ちょうつがい）に挟まって潰れたのです。ふむ。ええ――なんともいやな感じでした」

「続けて」

「わたしは――その――思ったのですよ、ほら――つまり、もしこの少年が成長したら、恨みを抱くにちがいないと。だってそうでしょう……そうでなくても非常に不安定な子で、こうしたことが脆い精神にどんな影響を与えるかはだれにも――」

「つまりあんたにはひどい罪の意識があって恐れてもいる、そして指のない若者があらわれるのを警戒してきた。指が――つまりなんだ！　それとあの娘になんの関係がある？」モネートルの声は鞭のようだった。

「はっきりとは――言えない」判事はもごもご言った。「でも彼女は、その少年についてなにか知っているようだった。つまり、彼女はやつのことを仄（ほの）めかしたのです――思い出させてやる、と彼女は言っていました。かつてわたしがどんなふうに人を――傷つけたのかを、と。そう言って肉切り包丁で自分の指を切ったのです。そして立ち去りました。わたしは人を使って彼女の居場所を調べさせました。彼女がここに来ることをそいつがつきとめ、わたしに知らせた。そういうわけです」

モネートルは目を閉じてじっくりと考えた。「彼女がここに来たとき、指はなんともなかった」

「くそっ、そんなことはわかっている！　でもほんとなんだ、わたしは見た、この目でたしかに――」

「わかっています、わかっています。指を切ったと。では、あなたがここに来た本当の目的はなんです？」

「わたしは――さっき言ったので全部です。こんなことがあると、知っていることはすべて忘れて、まったくのゼロからはじめなくてはならない。ありえないことを見たからこそ、どんなことでもありえると思いはじめたのです……どんなことでも――」

「要点を言え！」モネートルがどなった。

「そんなものはない！」ブルーイットはどなり返した。ふたりがにらみ合う、ひりついた一瞬があった。「それこそわたしが伝えしようとしたことです――わからないのだ、と。わたしはあの子供と潰れた指のことを覚えていて、あの娘と、彼女がやったことをたしかに見た。そして彼女とあの少年が同じ人物ではないかと思いはじめたんです……くりかえしますが、それが『ありえない』かどうかなど、もはやどうでもいいのです。あの娘の手は、切り取られてしまうまでは健康そのものだった。もし彼女があの少年だとするなら、少年の指は生え変わったに違いない。それが一度できたなら、またやることもできるでしょう。もしまた生えてくるとわかっていたら、また切り取ることも恐れないでしょう」判事は両手を挙げて肩をすくめ、ばったりと腕を下げた。「それで、いったいどんな化け物なら意のままに指を生やせるのかが気になったのです。それだけです」

幅の広いまぶたの下で、モネートルの燃えるような暗い目が判事をじっと見た。「その——少女だったかもしれない少年ですが」とささやいた。「名前はなんです?」

「ホートンです。わたしたちはホーティーと呼んでいました。邪悪なちびのくそがきが」

「では、思い出しなさい。子供のころの彼に奇妙なところはありませんでしたか?」

「ありましたよ! 正気だったとは思えない。赤ん坊のおもちゃにべたべたしたり——そんなようなこととか。それにやつには、けがらわしい癖があったのです」

「けがらわしい癖?」

「あいつは虫を食べて放校処分になったんです」

「ははあ! 蟻ですか?」

「なぜわかったんです?」

モネートルは立ち上がり、ドアまでゆっくり歩いてまた戻った。興奮で胸が高鳴りはじめた。「彼がべったりだったというおもちゃとは?」

「ああ、よく覚えていません。つまらんことです」

「それはわたしが決めることだ」モネートルが鋭く言った。「しっかり思い出すんだ！　命が惜しいのなら――」

「思い出せない！　できない！」目を上げたブルーイットは、モネートルの燃え上がる目にひるんだ。「びっくり箱のようなものだった。ぞっとする」

「どんな見た目でしたか？　はっきり話すんだ、まったく！」

「でもそれがなんの――ええ、わかりましたよ。このくらいの大きい箱で、パンチのような頭がついていた――ほら、パンチとジュディのです。でかい鼻と顎の。やつがそれを見ることはめったになかった。でも肌身離さず持っていなくてはいけなかったんです。一度わたしがそれを捨てたとき、見つけ出して返してやれと医者に言われました。ホートンが死にかけていたからです」

「死にかけたと言うんですね？」張り詰め、勝ち誇ったような声でモネートルはうなった。「では教えてください――そのおもちゃは彼が生まれたときから一緒だったのではないですか？　そしてそこにはなにかがついていた――たとえば宝石のボタンのような、きらきら光っているものが」

「どうしてそれを――」とまたブルーイットは言いかけたが、またもカーニーのボスが放つ、怒りと興奮に満ちた焦燥の視線に射すくめられた。「ええ。目です」

モネートルは判事に躍りかかった。肩をつかみ、ゆすった。『目(アイ)』と言ったか？　宝石はひとつだったのか？」モネートルはあえいだ。

「やめてください——やめて——」ブルーイットはぜいぜい言いながら、モネートルの鉤爪(かぎつめ)のような手を弱々しく押し戻した。「『目(アイズ)』と言ったんです。ふたつの目です。どちらも同じものでした。いやらしい代物(しろもの)でしたね。それ自体が光を放っているような」

モネートルはゆっくり身を起こして下がった。「ふたつの目」彼は息を吐いた。「ふたつ……」

モネートルが目を閉じると、その頭脳が活発に動き出した。消えた少年、指……潰れた指。少女……同じ年頃の……ホートン。ホートン……ホーティー。彼の思考はぐるぐると円を描き、この数年間を巻き戻した。小さな、褐色の、苦痛でやつれた顔。「家族からはホーテンスと呼ばれていたけれど、みんなからはキドーと呼ばれています」という言葉。キドーはここへ来たとき手が潰れていて、二年前にカーニバルを去った。彼女が立ち去る前になにがあった？　わたしはなにかを要求した、彼女の手を検診したいと言ったのだった、するとその夜のうちに彼女は去った。

あの手か。彼女が初めてここへ来たとき、モネートルは消毒をし、ぐしゃぐしゃになった肉を切って整え、縫い合わせた。それから数週にわたって毎日治療すると、瘢痕(はんこん)組織は癒合し、感染症を起こす危険もなくなった――その後、どういうわけか、彼はその手を二度と見なかった。なぜだろう？　ああ――ジーナだ。ジーナはいつも、キドーの手に困ったことはないと伝えてきたものだった。

彼は目を開けた――今度は薄目だった。「見つけてやる」とうなった。

ドアをノックする音がして、声がした。「人喰いさん――」

「あの小人だ」ブルーイットはもごもご言って跳び上がった。「あの娘と一緒だ。わたしはどうすれば――どこに――」

モネートルが視線を送ると、ブルーイットはまたしおれて倒れこむように座った。カーニーのボスは立ち上がると大股でドアに近づき、隙間だけ開けた。「連れてきたか？」

「それがね、人喰いさん――」

「聞きたくもないな」モネートルは恐ろしい声でささやいた。「おまえは連れ戻してこなかった。娘を連れてくるよう送り出したのにできなかった」彼はそっとドアを閉め、判事に向き直った。「出ていってくれ」

「え？　ふむ。しかし――」

「出ていけ！」それは絶叫だった。にらみつけることがブルーイットをへたりこませたのなら、声は彼をこわばらせた。その叫びの残響が消えるよりも早く判事は立ち上がり、ドアのほうへ歩きだした。なにか話しかけたが、濡れた口を動かすことしかできなかった。

「あなたを助けられるのは世界にこのわたしだけですよ」とモネートルは言った。判事は、この寛大で物静かでうちとけた声色こそなににもましてショッキングだ、という顔をした。彼はドアのそばで立ち止まった。モネートルは言った、「わたしにできることはしましょう、判事。すぐにご連絡差し上げます、そのことは信じてくださってよい」

「ああ」と判事は言った。「うむ。できることがあればご協力しますよ、モネートルさん。呼んでください。どんなことでもかまいません」

「ありがとう。きっとあなたの助けが必要になります」言葉を切った瞬間にモネートルの痩せた顔は凍りついた。ブルーイットは逃げだした。

立ったまま、ピエール・モネートルはついさっきまで判事の偉そうな顔があった場所を見つめていたが、とつぜん拳を握っててのひらに叩きつけた。口だけを「ジーナ！」と動かした。激しい怒りで青くなり、ぐったりとして机に向かった。腰を下ろし、記録簿の上に肘をついて頬杖(ほおづえ)をつき、憎しみと命令の凶暴な波動を送りはじめた。

ジーナ！

ジーナ！

ここへ！　ここへこい！

13

ホーティーは笑った。まだ広がっていないマッシュルームのような三本の指の切り株が左手の関節から伸びているのを見て、もう片方の手で傷跡の組織に触れて、笑った。ソファベッドから立ち上がると、広い部屋を横切って姿見の前に立ち、顔を見つめ、後ろに下がって品評するように肩や全身を眺めた。そして満足げにうなり、寝室の電話に向かった。

「三、四、四」と彼は言った。たくましい顎と大きな口の顔立ちにふさわしい、朗々とした声だった。「ニック？　サム・ホートンだ。ああ、いいよ。もちろんだ、また演れる。医者には運がいいと言われたよ。手首が折れるとふつうは治るときにこわばってしまうそうなんだけど、そうならないですみそうだ。いや——心配ない。ん？　六週間くらいかな。確かだよ……カネ？　ありがとうニック、でも大丈夫だ。うん、心配しないで——ほんとうに必要になったら泣きつくよ。とにかく、ありがとう。うん、たまには寄る。何日か前にも行ったんだよ。どこであのコードを三つしか弾けないへぼギタリストを見つけてきたんだ？　スパイク・ジョーンズがあえてやってることをうっかりやってのけてたぞ。いや、ぶん殴ってやりたかったなんてものじゃないな。身ぐるみ剝(は)いでやりたかった」ホーティーは笑った。「冗談だよ。彼はよくやってた。とにかく助かったよ、ニック。じゃ」

ソファベッドに行き、余裕たっぷりにくつろぐ太った猫のように身を投げ出した。肩を柔らかいマットレスに深々と沈め、寝返りを打ち、サイドテーブルに置かれた四冊の本のうちの一冊に手を伸ばした。

それがこのアパートメントにある本のすべてだった。彼はずいぶん前、棚からあふれて空間を圧迫する本の扱いづらさを痛感した。それを解決するためにすべての本を処分し、本屋に行って、貸し出し制で一日四冊の新刊本を送ってもらう取り決めを交わした。いつも翌日までにすべて読んで返却した。彼にとっては申し分ない解決法だった。なにしろ完全記憶(トータル・リコール)能力の持ち主なのだ。本棚がなんの役に立つだろう？

絵画は二枚だけ持っていた――一枚はマーケル〔訳注：ジャック・ハロルド・マーケル、二十世紀カナダの画家〕で、不調和でふぞろいな形が一見透明な色彩で、几帳面にさまざまに描かれ、それらが重ね合わされることで色調が互いに影響しあい、背景の色が画面全体に働きかけているような絵だった。もう一枚はモンドリアンで、精確で均整が取れた画面が、かすかに、まったくなにものでもないものの印象ともいうべきなにかを伝えていた。

だが音楽のコレクションは膨大で、それは何メートルにもおよぶ磁気テープに録音されていた。ホーティーの途方もない頭脳は、一冊の本のムード全体を記憶し、どの部分でも呼び起こすことができた。音楽についてもそれは同じだったが、音楽を思い出すことはある程度までそれを生み出すことであり、音楽を生み出すのと聴くのでは心に生じる音色に決定的な差があった。いまのホーティーにはどちらもできたが、その選択を可能にしているのが彼の音楽ライブラリーだった。

古典派とロマン派の音楽はジーナのお気に入りであり、それらの交響曲、協奏曲、バラッドや巨匠たちによる名演が、彼にとっての音楽への入り口だった。だが彼の好みは広がりと深みを増して、いまではオネゲルやコープランド、ショスタコーヴィッチやウィリアム・ウォルトンがコレクションに加わっていた。ポピュラー音楽の分野では、アート・テイタムの憂いを帯びた即興和音と、信じがたいほどすばらしいセロニアス・モンクを発見していた。ときに霊感を受けたように響くディジー・ガレスピーのトランペットと、思わずうろたえてしまうようなエラ・フィッツジェラルドのカデンツァと、パール・ベイリーの完璧な発声を知った。こうしたものを選ぶときの基準は、人間性と、人間性を拡張するものだった。彼の生活は、さらなる本に続く本と、いろいろなことを推測させる絵画と、経験の世界を超えた世界に導いてくれる音楽とともにあった。

これらの財産にもかかわらず、ホーティーの部屋はシンプルだった。唯一異彩を放っているのがテープレコーダーとスピーカーだった——ハイファイ機器の巨大な集合体で、ホーティーがその部品をかき集めたのは、彼の耳があらゆる音色のあらゆるニュアンスと倍音を求めたからだった。それをのぞけば、彼の部屋はどこにでもありそうな、快適に整えられ、趣味よく飾られたアパートだった。ごくたまに、ふと、これだけの貯えがあれば、シャワーからあがったときに使えるマッサージチェアや空気調節式の乾燥機のようなぜいたくな自動機器に囲まれることができる、と思うこともあった。だがそれを実行に移すことはなかった。彼の精神を特徴づけるのは、単純かつ堅実な知識欲だった。分析能力も驚くべきものだったが、それをぞんぶんに使う気にはめったにならなかった。知識は得るだけで充分だった——その知識を活用するには強い動機が必要だったが、自分の力にたいする自信が明白で絶対的だったので、そのような動機はあまり生じなかった。

彼は読書を途中でやめ、目に混乱の色をうかべた。めずらしい音が耳に届いたとでもいうようだった——そんな音はしていなかったのだが。

本を置き、立ち上がって耳をすまし、その感覚を引き起こしたものをつきとめようとするようにかすかに首をひねった。

呼び鈴が鳴った。

ホーティーは動きを止めた。凍りついたり、怯えた動物がぎょっとして静止したりするのとは違った。それはむしろ思考を巡らすための、落ち着いてリラックスした一瞬だった。彼はバランスの取れた軽い身のこなしでふたたび動き出した。

ドアの前で立ち止まり、扉板の下を見つめた。表情が張り詰め、さっと眉が波立ってひそめられた。彼は勢いよくドアを開けた。

彼女は腰を曲げて玄関口に立ち、ホーティーを見上げていた。頭は横向きになり、わずかに下方に傾いていた。痛々しいほど上に目を見張らなければ、彼の目を見られなかった――背が百二十センチしかないのだ。

彼女は弱々しく言った、「ホーティー?」

ホーティーはかすれた声を出してひざまずき、彼女を腕のなかに引き寄せ、力強く、だがそっと抱きしめた。「ジー――ジー、いったいなにがあったんだ? きみの顔、きみの――」彼女を抱え上げ、ドアを蹴って閉め、ソファベッドまで運ぶと、膝の上に乗せたまま座って抱きしめ、彼女の頭の下に温かく力強い右のてのひらを添えた。彼女が微笑みかけた。動いたのは口の片側だけだった。それから彼女が泣き出すと、めちゃくちゃになった彼女の顔を見るホーティーの視界も、彼自身の涙に覆い隠されてしまった。

ジーナのすすり泣きはすぐにおさまった。泣き続けることもできないほど疲れ果てた、というようだった。彼女は彼の顔を隅々まで、すべての部位をひとつずつ見ていった。

手を伸ばして彼の髪に触れた。「ホーティー……」彼女はささやいた。「前のあなたが大好きだった……」

「ぼくは変わっていないよ」と彼は言った。「成長して大きくなった。アパートと仕事も見つかった。声も肩もこんなになったし、三年前より四十五キロは重くなった」彼はかがみこんで短いキスをした。「でもぼくは変わってないよ、ジー。変わらなかったんだ」彼女の顔にそっと、羽毛のように触れた。「痛い?」

「ちょっとね」彼女は目を閉じて唇を舐めた。舌は口の隅まで届かないようだった。

「わたしは変わった」

「きみは変えられたんだ」声が震えた。「人喰いが?」

「もちろんそうよ。わかってたでしょ?」

「そこまでは。きみが呼んでいると感じたことはあった。あるいは人喰いが……すごく遠くからね。いずれにしても、ほかにそんなことをする人はいないんだ――だれも……なにがあったの? 話したい?」

「ええ、そうなの。人喰いが――あなたのことを知ったの。どうしてかはわからない。あの――あのアーマンド・ブルーイットは――いまは判事かなにかになっていた。彼が人喰いのところにやってきた。あなたのことを女の子だと思っていたみたいよ。大きい女の子ってことだけど」

「たしかにそうだったんだ、しばらくのあいだね」彼はひきつった笑みを浮かべた。

「えっ。なんだ、そうなの。じゃあ、あの日はほんとうにカーニバルにいたのね?」

「カーニバルに? いいや。いつのこと、ジー? やつがぼくの正体を知った日だろ?」

「そう。四――いや、五日前だった。あなたはいなかったのね。いったいどういうことなの――」彼女は肩をすくめた。「とにかく、娘が人喰いを訪ねてやってきたんだけど、彼女のあとに来た判事が、その娘をあなただと思ったの。人喰いもそう思って、ハバナに探しに行かせた。でもハバナは見つけられなかった」

「それで人喰いはきみを捕まえたんだ」

「うん。彼に言うつもりはなかったの、ホーティー。ほんとうに。できるだけがんばった。でも、わたし――思い出せない」彼女はまた目を閉じた。ホーティーは急に震えだし、それから息をついた。

「わたし……思い出せないの」彼女は絞り出すようにそう言った。

「いいんだ。もうしゃべらないで」彼はつぶやいた。

「話したいの。話さないと。あいつがあなたを見つけるかもしれない!」彼女は言った。

「いまこのときもあなたを追っているのよ!」

ホーティーは目を細めて「かまわないよ」と言った。

彼女は目を閉じたまま言った。「長かった。すごく静かに話しかけてくるの。クッションをくれて、ワインは秋みたいな味がした。彼はカーニバルとソーラムとゴーゴリの話をした。『キドー』のことに触れてから、あたらしい無蓋車（むがいしゃ）と売店のテントと、雑用係の労働組合のいざこざの話をした。それから音楽家組合や音楽やギターのことを話したと思ったら、わたしたちが前にやっていた演目のことに触れた。そしたらまた見世物の動物とサクラと先発員たちのことに話を逸らして、また戻ってきた。わかる？　あなたのことにはちょっと触れるだけで、そこから離れたと思ったら何度も何度も戻ってくるの。一晩中よ、ホーティー、一晩中、ずっと！」

「しーっ」

「質問もしてこなかった！　顔を背（そむ）けたまま、視界の隅でわたしを見張りながら話していた。わたしは座ってワインを飲もうとしたし、コックが夕食と夜食と朝食を運んできたときは食べようとしたし、彼がしばらく話すのをやめてくれたときは笑おうとした。彼はわたしに触れなかった、殴らなかった、訊かなかった！」

「あとで訊かれただろう」ホーティーは息を吐いた。

「ずっとあとでね。思い出せないの……人喰いの顔が月みたいにせまってきた。身体じゅうが痛かった。彼が叫んだ。ホーティーとはだれだ、ホーティーはどこだ、キドーとはだれだ、なぜキドーを隠した……わたしは何度も目覚めた。眠ったのか気を失ったのか、そうなったときのことは思い出せない。からからに乾いて赤くなった目で目覚めると、彼は乗り物の整備工と投光照明の電力の話をしていた。彼の腕のなかで目覚めると、バニーとハバナのことを耳元でささやいてきた、あいつらはホーティーの正体を知っていたに違いない、って。床の上で目が覚めた。膝が痛かった。すごく強い光で照らされてた。痛いくらい眩しくて飛び上がった。走ってドアを開けたけど、膝がいうことを聞かなくて、転んで、もう午後になっていて、彼はわたしを捕まえてまた部屋に引きずって、床に放り投げてまた光を照らした。彼は集光レンズを持っていて、わたしに酢を飲ませた。舌が腫れ上がって、わたし――」

「しーっ。ジーナ、いいかい、静かにして。もうなにも言わないで」平板な、抑揚のない声は続いた。「横になって動けずにいたらバニーが覗きこんできて、人喰いは彼女に見られたのに気づかなくて、バニーが駆け出していってハバナが来て人喰いをパイプで殴って人喰いはハバナの首を折って彼は死にそうでわたしは――」

ホーティーは自分の目が乾いているのを感じた。片手をゆっくりと上げ、彼女の傷ついていないほうの頰をぴしゃりと叩いた。「ジーナ。やめてくれ！」

その衝撃で、彼女は甲高い声で絶叫した。「わたしなにも知らない、ほんとになにも！」そして痛ましい、もだえるようなすすり泣きをはじめた。ホーティーは話しかけようとしたが、声は彼女の泣き声にかき消された。彼は立ち上がって後ろを向き、彼女をそっとソファに横たえるとタオルを取りに走ってゆき、それを冷たい水にさらして絞り、彼女の顔と手首を濡らした。彼女は不意に泣き止み、眠った。ホーティーは彼女を見つめていた。息づかいを聴いて、彼女が安心していると確信できるようになるまで。ソファのそばに膝をつき、頭をゆっくりと彼女の頭のそばに寄せた。額に彼女の髪が触れた。彼は腕を緩く組んで自分の肘をつかみ、引っ張りはじめた。緊張を保ち続けると、肩と胸がずきずきと痛みだした。彼女のそばを離れられず、身動きも取れないなかで、どす黒い怒りがつのってくるのを和らげなくてはならず、筋肉を緊張させることで正気を保っていた――こうすれば、彼女の眠りを妨げるような動きはまったくしなくてすんだ。彼は長いあいだそこにひざまずいていた。

翌日の朝食どき、ジーナはまた笑えるようになっていた。ホーティーは彼女を動かしたり触れたりせずに靴だけを脱がせ、羽毛布団で包んでいた。明け方近くの深夜、彼は寝室から枕を取ってくるとソファベッドとドアのあいだの床に置き、横になって彼女の息づかいを聴きながら、猫さながらの注意力で外の階段と廊下の物音に耳を傾けた。立って覗きこんでいると、彼女が目を開けた。彼はすぐに言った、「ぼくはホーティーだ、きみは安全だよ、ジー」目のなかにパニックの渦が生まれかけたが消え、ジーナは笑った。

彼女が入浴しているあいだ、彼は服を近所のコインランドリーに持っていき、三十分後には洗って乾燥させて戻ってきた。その途中で買ってきた食べ物は必要なくなった。なぜなら戻ったときには、彼女がきちんと朝食を準備していたから。「ビヤホール」エッグ——コップで穴を開けたパンの真ん中に目玉焼きを入れたもの——と、かりかりに焼いたベーコン。彼女は買ってきたものをとりあげて叱った、「燻製ニシン、パパイヤジュース、デニッシュリング——。ホーティー、こんなのお客さんが食べるものよ！」

この抗議にではなく、彼女の勇気と回復力にホーティーは微笑んだ。彼は腕を組み、壁によりかかって、彼女が足をかばいながらキッチンを歩き回り、彼にとってはぴったりのバスローブで首元から踵までをすっかりおおっているのを見つめていた。そして彼女がローブを着ていない姿を想像しようとした——そうしなくとも、よろめく足取りと彼女の顔を見れば、その身になにが起きたかはわかったのだが……。

陽気な朝食の席で、ふたりはうきうきと「覚えてる？　あのとき——」というやりとりを楽しんだ。それは、つきつめれば、この世でもっともうっとりするゲームだった。やがて沈黙のときが来たが、お互いが視界にいれば、それが十分なコミュニケーションになっていた。ついにホーティーが尋ねた、「どうやって逃げてきたの？」

彼女の顔が曇った。自制しようとしているのは明らかで——それは成功した。ホーティーは言った、「なにもかも話してくれなくちゃいけないよ、ジー。ぼくに話してくれなくちゃ——ぼく自身のことも」

「自分のことがいろいろわかったのね」それは質問ではなかった。

ホーティーはその話題をしりぞけた。「どうやって逃げてきたの？」

彼女の顔のまだ動く部分がひきつった。両手を見下ろし、ゆっくりと片手を上げ、それをもう片方に重ねて包み、話しているあいだはそれを握りしめていた。「何日か昏睡状態だったんだと思う。昨日目覚めたら、トレーラーの自分の寝台にいた。人喰いになにもかも話してしまったのはわかっていた——あなたの居場所を知っていること以外は。彼はまだ、あの娘をあなただと思ってる。

人喰いの声が聞こえた。トレーラーの向こう端の、バニーの部屋にいた。バニーもそこにいた。泣いていた。人喰いが彼女を連れて行く音がした。わたしはしばらく待って、身体を引きずってどうにか外に出て、バニーの部屋の入口まで行った。なかに入った。ハバナがベッドに横たわっていて、首の周りに硬いものを巻いていた。話すだけでも痛そうだった。人喰いが手当てをして、首を固定したんだとハバナは言った。人喰いはバニーに仕事をさせるつもりだ、とも言っていた」彼女はさっとホーティーを見上げた。

「ほら、人喰いにはできるのよ。催眠術師だから。バニーにどんなことでもやらせることができる」

「そうだね」ホーティーはジーナをじっと見つめた。「なぜきみにはそれを使わなかったんだろう？」怒りがこみあげてきた。

彼女は自分の顔を触った。「できなかったのよ。彼は——それはわたしにはうまくいかない。わたしを捕まえることはできるけど、わたしになにかさせることはできない。だってわたしはあまりにも——」

「あまりにも？」

「人間だから」と彼女は言った。

ホーティーは彼女の腕を撫(な)でて笑いかけた。「それがまさにきみだよね……つづけて」

「トレーラーの自分の部屋に戻って、お金といくつかのものを持って出てきたの。わたしが出ていったと知ったら、人喰いはなにをするかわからない。すごく気をつけたのよ、ホーティー。八十キロをヒッチハイクして、バスに乗り換えて、ここから四百八十キロ向こうのエルトンヴィルまで行って、そこから列車に乗ったの。でも彼はわたしを見つけ出すわ、どんなやりかたをしてでも、いずれは。諦めたりはしない」

「ここは安全だよ」と彼は言ったが、そのやさしい声にはコーティングされた鋼の硬さがあった。

「わたしじゃないの！　ねえ、ホーティー——わからないの？　彼が追っているのはあなたなのよ！」

「どうしてぼくが必要なんだろう？　ぼくがカーニバルを去ったのは三年も前で、彼が特別困っていた感じはしないよ」ジーナと目が合った。彼女は驚きながらこちらを見つめていた。「なに？」

「自分のことにはぜんぜん興味がないの、ホーティー？」

「自分のこと？　そりゃ、あるよ。みんなそうだろ。でもそのなかでもとくに、なにについての興味？」

彼女はしばらく黙って考えこんだ。それからとつぜん尋ねた。「カーニバルを出てからなにをしていたの？」

「手紙に書いたじゃない」

「だいたいのことだけね。家具付きの部屋を見つけてしばらく住んで、たくさん本を読みながら、いろいろ手探りしてたって。それで大きくなることに決めたのよね。どのくらいかかったの？」

「八ヶ月くらいかな。郵便で手続きをして、だれにも見られないように夜に入居して、それから変わったんだ。そうしなきゃいけなかった。そうしたら大人の男として仕事ができるだろ。しばらくはバスキングした——ほら、あちこちのクラブで客が求めるものをなんでも演奏するんだ——それからすごくいいギターを買って〈ハッピー・アワーズ〉で働くようになった。そこが閉まってからは〈クラブ・ネモ〉に行った。それからはそこで時機を待っていたよ。そのときが来たらわかるときみが言ったからね……いつもそのとおりになった」

「そうでしょう」彼女はうなずいた。「小人でいるのをやめるとき、仕事をするとき、アーマンド・ブルーイットとのことに取り掛かるとき――わかったはずよ」

「ま、そうだね」まるでその事実についてこれ以上の言葉はいらないとでも言うように彼は言った。「そしてお金が必要になったときは、物書きをした……作曲とか編曲、論説とか。短篇小説だって一、二篇書いたんだよ。小説はあまりよくなかったな。題材を集めるのは簡単なんだけど、組み立てるのがめちゃくちゃ大変でさ。ねえ――きみはぼくがアーマンドになにをしたのか知らない。だろ?」

「ええ」ジーナは彼の手を見た。「その手と関係あるんじゃない、ちがう?」

「そうなんだ」彼は手を検分してにっこりした。「ぼくがカーニバルに来て一年くらいたったときみたいな手だろ。でも聞いてくれよ。ぼくがこの指をなくしたのはほんの三週間前なんだ」

「それでもうそんなに生えてきたの?」

「前ほどは時間がかからなかった」彼は言った。

「最初はすごくゆっくりだったわよ」彼女は言った。

ホーティーは彼女を見つめてなにか訊きたそうにしたが、やがて続けた。「ある夜あいつが〈クラブ・ネモ〉にケイを連れてやってきた。ふたりが一緒にいるところを見るなんて夢にも思わなかった——きみの考えることはわかるよ！　たしかにぼくはいつもふたりのことを同時に考えていた。でもそれは抑制と均衡（チェック・アンド・バランス）ってやつだ。善と悪の対比さ。それで……」彼はコーヒーを飲んだ。「ふたりはぼくが話を聞き取れるような席に座った。あいつは脂ぎった狼で、彼女は苦境の乙女だよ。かなり胸糞（むなくそ）悪かった。で、やつが用を足しに席を立ったとき、ぼくはロキンヴァー〔訳注：ウォルター・スコットの長詩『マーミオン』に登場する騎士。愛する人が他の男と結婚しようとしているのを知り、婚宴の席にあらわれて彼女を連れ去った〕みたいにふるまった。さっそくいざこざに加わったんだ。ちょっと言葉をかけて多少の汽車賃を渡したら彼女は逃げていったよ、やっと翌日の夜に会う約束をしてからね」

「しばらくは逃げられたってことね」

「いや、ちがう。そのまま消え去ったんだ、列車に乗って。どこに行ったのかは知らない。とにかく、ぼくはステージに座って自前のギターでコードを鳴らしながら、大急ぎで考えた。そのときが来たらわかるはずだってきみは言ったろ。その夜がアーマンド・ブルーイットに復讐（ふくしゅう）するときだとわかったんだ。それに取り掛かるときだ、って。かつてのあいつの仕打ちは六年続いた。ぼくにできるのは、せめてやつにも長い刑期を与えてやることだ。それで計画を立てた。寝ずにしつこく考えたよ」彼は言葉を切って笑ったが、そこにおかしみはなかった。

「ホーティ――」

「いま話すよ、ジー。すごく簡単だ。やつがデートを約束した。そしてスラム街にこっそり借りている、伝染病待ったなしの連れこみ部屋に彼女を招き入れた。あいつ、すごく呑気に破滅への道を進んでいたよ。そしてここぞというところで、やつは『戦利品』の娘から、自分が若者たちにした残虐行為について無駄のない批判を告げられるんだ。彼女が立ち去ったあと、やつはひとりでその言葉を反芻する――彼女が形見に切り落としていった三本の指を見つめながらね」

ジーナは彼の左手をまたちらっと見た。「うえ！　なんてことするの。でもホーティ――それをほんの二十四時間で準備できたの？」

「きみはぼくができることを知らない」と彼は言った。袖をまくり上げた。「見て」

彼女は褐色の、薄く毛の生えた前腕を見つめた。ホーティーが深く集中する顔を見せた。緊張感はなかった。視線は落ち着いていたし、眉をひそめることもなかった。

しばらくのあいだ腕にはなんの変化もなかった。だがとつぜん、そこに生えている毛が動いた――いや、のたうった。毛が一本落ち、また一本落ちた。はらはらと、テーブルクロスのちいさなチェック柄めがけて落ちていった。腕は動かず、眉と同様に完全に静止したまま、緊張もいっさい窺わせなかった。肌はいまや無毛で、そのなめらかな褐色は彼とジーナに特有のものだった。だが――それだけだろうか？　これが集中して見つめた結果のすべてなのか？　いや、腕は確かに白くなっていた、白く、しかも細くなってきた。甲と指のあいだの肉が縮み続け、やがて先のほっそりした痩せた手になり、さっきまでのごつごつした分厚い手はそこにはなかった。

「もういいだろ」ホーティーはくだけた調子で言い、にっこりした。「同じ時間で元に戻すことができるんだ。もちろん、毛は別だけどね。それは二、三日かかる」

「このことは知ってた」彼女は息をついた。「たしかに知ってたけど、心の底から信じられてはいなかったみたい……どんなふうにも操れるの？」

「どんなふうにもね。あ、できないこともある。ものを作り出したり壊したりすることはできない。きみのサイズに縮むことはできると思う。でも体重はいまとほとんど変わらないだろうね。それにひと晩で三メートル半の巨人になるのも無理だ、それだけの体積に同化するにはもっと時間がかかる。でもアーマンド・ブルーイットにしたことは簡単だった。大変だけど、簡単。肩と腕と顔の下側を圧縮したんだ。歯は二十八本ぜんぶ痛みっぱなしだよ。それから肌を白くするだろ。髪はもちろんかつらだ。そして神聖な女の姿になるためには、エリオット・スプリングス言うところの『おっぱいバケツと胴体ひねり』にお世話になった」

「そんな冗談、よく言えるわね」

彼は抑揚のない声で言った、「じゃあどうしろって言うんだよ――ずうっと歯軋りしとけって？　この手のワインには多少の泡は必要なんだ、じゃないとたくさんは飲めないよ、ジーナ。いや――ぼくがアーマンド・ブルーイットにやったのは、ほんのきっかけだよ。やつが自分でやるようにしむけたのさ。ぼくの正体も教えなかった。ケイはもう無関係だ。やつは彼女やぼくがだれなのかも、もっと言えば、自分自身が何者なのかもわからないんだ」そう言って笑った。いやな感じの声だった。「ぼくが彼に示したのは、大昔に粉々になった三本の指との強力なつながりだけだ。それは眠っているあいだもやつを悩ますだろう。ぼくが次にやろうとしているのは同じぐらいの名案で――それに毛色のまったく違うものなんだ」

「ちょっと計画を変えないといけなさそうね」

「なぜ？」

「ケイは無関係じゃない。やっとわかってきた。彼女は人喰いに会いにカーニバルに来たのよ」

「ケイが？　どうして？」

「わからないけど、とにかく彼女を追って判事も来た。彼女は出ていったけど、ブルーイットと人喰いは話しこんでいた。わたしが知っているのはひとつだけ。ハバナが言っていたの――判事がケイ・ハローウェルをひどく怖がっていたって」

ホーティーがテーブルを叩いた。「彼女の無傷の手を見たんだな！　うわ、こりゃすごいや！　どんな気分だっただろうな、想像できる？」

「ホーティー、ねえ——少しも楽しくない。それでどうなったかわからないの？——人喰いは『キドー』を小人の女の子ではない何者かだと疑うようになったのよ。人喰いはあなたとケイを同じ人物だと考えるようになったのよ？　判事がどう考えているかなんて関係ない」

「ああ、そうか。困ったな」

「あなたは耳にしたことならなんでも覚えられる」ジーナは言った。「でもそれを理解するのはあんまり速くないのよ、ホーティー」

「でも——でも——こんなに痛めつけられて……ジーナ、ぼくのせいだ！　ぼくがきみを痛めつけたも同然だ！」

ジーナはテーブルを回りこんで彼に腕を回し、彼の頭を胸に押しつけた。「ホーティー、そうじゃない。これがわたしにふりかかってきたのは、もう何年も前からだった。あなたがだれかを——人喰い以外のだれかを責めたいなら、わたしを責めて。十二年前にあなたを招き入れたわたしのせいだから」

「どうしてそんなことをしたの？　ぼくはぜんぜん知らなかった」

「あなたを人喰いから遠ざけておくためよ」

「遠ざけて——って、ぼくを彼のすぐそばに置いたじゃないか！」

「彼が探そうと思う世界で最後の場所でしょ」

「彼はそのときからぼくを探していたってこと?」

「あなたが一歳のころから探していたの。そしていずれあなたを見つけ出す。きっと見つけ出すよ、ホーティー」

「望むところだよ」かすれた声でホーティーはそう言った。呼び鈴が鳴った。

凍ったような沈黙。また鳴った。

「出るわ」ジーナが言い、立ち上がった。

「ばかいえ」ホーティーが荒々しく言った。「座って」

「人喰いよ」彼女は声を震わせた。座った。

ホーティーはドアのそばの、居間を見渡せる位置に立った。ドアをじっと見つめて言った、「違うよ。これは――これは――いや、驚いたな! とんだ同窓会だ!」

彼は大股で近づいて勢いよくドアを開けた。「バニー!」

「す、すみません――こちらは……」バニーはあまり変わっていなかった。以前よりややずんぐりして、どうやら前よりもう少しだけ内気になっていた。

「ああ、バニー……」ジーナはよろめきながら駆け出し、バスローブのすそに足を取られた。ホーティーは転ぶ前に彼女をつかまえた。女たちは夢中で抱き合い、涙ながらに親愛の情を伝える声をあげ、安心したホーティーの大きな笑い声もそれにさえぎられた。「でもバニー、どうやってここが――」「ほんとによかった――」「わたしはてっきりあなたが――」「なに言ってるの！　そんなこと考えもしなかった――」

「そこまで！」ホーティーがさえぎった。「バニー、入って朝ごはんを食べなよ」

びっくりして、彼を見るバニーの目はまんまるになった。彼はやさしく尋ねた、「ハバナの具合はどう？」

ホーティーの顔から目を離さずに、バニーは手探りでジーナをつかんだ。「この人、ハバナを知ってるの？」

「バニー」ジーナは言った。「この人はホ、ー、テ、ィ、ー、よ！」

バニーはジーナにウサギのような視線を向け、首を伸ばし、ホーティーを穴が開くほど見つめた。そうして急にジーナの言ったことがわかったようだった。「これが？」と指差しながら訊いた。「彼なの？」じろじろと見つめた。「このひとが――つまりキドー、なの？」

ホーティーはにやっと笑った。「そのとおり」

「大きくなったのね」バニーがとぼけた調子でそう言った。ジーナとホーティーは大声で笑い出した。バニーは大昔のホーティーのようにぽかんと口を開け、ふたりを順番に見た。そして彼らが一緒に笑おうとしていて、自分を笑い物にしているのではないのを感じ取ると、あの鈴の鳴るようなくすくす笑いでやかましい笑い声に加わった。ホーティーはまだ笑いながら、キッチンに行って呼びかけた。「いまもコーヒーには缶詰の無糖練乳とティースプーン半分の砂糖を入れるの、バニー?」するとバニーは泣き出した。ジーナの肩に顔を埋め、嬉しそうにすすり泣いた。「キドーだわ、ほんとに、ほんとに……」

ホーティーは湯気を立てているカップをサイドテーブルに置くと、女たちの横に座った。「バニー、どうやってぼくを見つけたの?」

「あなたを見つけたんじゃない。ジーを見つけたのよ。ジー、ハバナが死ぬかもしれないの」

「わたし――覚えてる」ジーはささやいた。「たしかなの?」

「人喰いは手を尽くしてくれた。べつの医者まで呼んだのよ」

「あの人が? いつから医者が好きになったの?」

バニーはコーヒーをすすった。「彼がどんなに変わったかわからないでしょうね、ジー。わたしだって彼がそうするまで、つまり医者を呼ぶまでは、信じられなかったんだから。わ、わたしとハバナのことは知ってるでしょ。人喰いがあの人にしたことを、わたしがどう思ったかもわかるよね。でも――人喰いはまるで何年も暮らしてきた雲のなかから出てきたみたいだった。ほんとうに変わったのよ。ジー、彼はあなたに帰ってきてほしいと思ってる。これまでのことはほんとに申し訳なく思っているみたい。ものすごく打ちひしがれてる」

「そんなんじゃ足りないな」とホーティーがつぶやいた。

「ホーティーにも戻ってきてほしいって?」

「ホーティーって――ああ。キドーね」バニーは彼を見つめた。「これじゃ舞台には立てないじゃない。わからないわ、ジー。彼はなにも言ってなかった」

ジーナがいぶかしげに眉を一瞬ひそめたのを、ホーティーは見逃さなかった。彼女がバニーの前腕をつかみ、それをじれったそうに絞ったように見えた。「ね――はじめから聞かせて。人喰いがあなたを送り出したの?」

「あら、ちがうわ。その、そうとも言い切れないってこと。彼はすごく変わったの、ジー。信じないでしょうけど……だから、自分で見たらいいのよ。彼にはあなたが必要で、わたしはあなたを連れ戻しにきた、わたし自身の考えでね」

「どうして?」

「ハバナのためよ!」バニーは叫んだ。「人喰いなら彼を救えるかもしれない、そうでしょ? でも彼があなたにやったことで心を乱されていたら、それも無理でしょ」

ジーナは困った顔でホーティーを見た。彼は立ち上がった。「軽く食べられるものを用意するよ、バニー」と言った。首をかすかに振ってジーナに合図した。彼女はウインクで応え、バニーに向き直った。「でもどうしてわたしのいる場所がわかったの、バニー？」

アルビノのバニーは、身を乗り出してジーナの頬に触れた。「かわいそうに。すごく痛い？」

ホーティーがキッチンから呼んだ。「ジー！　タバスコはどこに置いた？」

「バニー、すぐ戻るからね」ジーナは言い、よたよたとキッチンに向かった。「たしかこの上に……ほら。あら——まだトーストも焼いてないじゃない！　わたしにまかせて、ホーティー」

ふたりはコンロの前に並んで、忙しそうにした。声をひそめてホーティーが言った、「どうも気にくわないな、ジー」

彼女はうなずいた。「なんだか変よね……どうやってここがわかったのか、二度三度、尋ねても答えない」それからはきはきと続けた。「ね？　トーストはこうやって焼くのよ。あなたは見てればいいから」

しばらくして、「ホーティー。どうしてドアの向こうにいる人がわかったの？」

「わかったわけじゃない。はっきりとは。だれじゃない、だれじゃないかがわかったんだ。知り合いは山ほどいるけど、そのだれでもないとわかった」肩をすくめた。「残ったのがバニーだった。わかる？」

「わたしにはできないわ。わたしの知り合いにもできる人はいない。人喰いは別かもしれないけど」彼女はシンクに立って景気よく食器をガチャガチャいわせた。「人が考えていることがわかったりはしない？」また彼に近づいたとき、彼女がそうささやいた。「ときどき、少しなら。やってみたことはほとんどないな」

「いまやってみて」と彼女は言い、居間のほうにうなずきかけた。

彼の顔が、あの静かな、深く心を奪われた表情を見せた。その瞬間、開いたキッチンの扉をぱっと横切るものがあった。ホーティーはそれに背を向けていたが、振り返って居間に飛びこんだ。「バニー！」

バニーはピンクの唇を動物のようにめくれあがらせて歯をむき出しにし、大急ぎでドアに駆け寄り、さっと開けて出ていった。ジーナが叫んだ。「バッグが！　わたしのバッグを取っていった！」

ホーティーは大きく二歩跳んで廊下に出て、階段の一番上にいたバニーに飛びかかった。バニーは甲高い悲鳴をあげて彼の腕に深く嚙みついた。ホーティーはその頭を腕で絞めあげ、彼女の顎を自分の胸に押しつけた。彼女は嚙んだおかげで口を離せなくなり——そのあいだ見事にさるぐつわを咬まされることになった。

部屋に入ると彼はドアを蹴って閉め、バニーをおが屑の袋のようにソファに投げようとした。だが顎の力はゆるまず、かがみこんでこじ開けなくてはならなかった。彼女は赤い目をぎらつかせて横たわり、口には血がついていた。

「じゃ、彼女はなぜこんなふうに逃げ出したんだと思う?」ほとんどふと思いついただけというふうに、ホーティーは尋ねた。

ジーナはバニーのそばにひざまずき、額に触れた。「バニー。バニー、大丈夫?」

答えはない。意識はあるようだった。興奮したルビー色の目がホーティーをにらみ続けていた。呼吸は規則正しく力強いリズムでなされ、鈍行の貨物列車を思わせた。口は大きく開いたままこわばっていた。「なにもやってないよ」とホーティーは言った。「捕まえただけだ」

ジーナは床のハンドバッグを救出してなかを手探りし、ほっとした様子を見せてからコーヒーテーブルに置いた。「ホーティー、たったいまキッチンでなにをやったの?」

「ぼくは——なんというか……」眉をひそめた。「彼女の顔を思い浮かべて、それを扉みたいに開こうとしたというか——そうだな、なかを見られるように、霧みたいに払おうとしたというか。なにも見えなかったよ」

「ほんとになんにも?」

「そしたら動いたんだ」と彼は簡潔に言った。

ジーナは両手をあわせて揉みはじめた。「もう一度やってみて」

ホーティーはソファに近づいた。バニーの目がそれを追った。ホーティーは腕を組んだ。リラックスした表情になった。とたんにバニーの目が閉じた。顎の力もゆるんだ。

ジーナが声を上げた、「ホーティー——気をつけて！」

ほかの部分はまったく動かさずに、ホーティーは短くうなずいた。

しばらくはなにも起こらなかった。するとバニーが震え出した。片腕を投げ出し、ちいさな手を握りしめた。閉じたまぶたのあいだから涙がこぼれ、全身の力が抜けた。数秒後にはぼんやりと、目的もなく身体が動きはじめた。まるで彼女の運動中枢がぎこちない手で点検されているかのようだった。目を二度開け、いちど身を起こしかけてまた横になった。最後に震えるような、長い、ジーナの声に匹敵しそうなくらい低い声でため息をつき、じっと横になったまま深く息をつきはじめた。

「寝てる」とホーティーは言った。「さっきまで取っ組み合いをしてたのに、眠ったよ」彼は椅子にどすんと腰を下ろし、しばらく手で顔を覆っていた。ジーナは、ホーティーがさっき白くなった腕を元に戻したときのように、元の状態に戻っていくのを見守った。彼はとつぜん背を伸ばし、また力強くなった声で言った。「彼女だけの力じゃなかったよ、ジー。彼女のものじゃないなにかで溢（あふ）れていた」

「それはもう出ていったの？」

「うん。起こしてみたらいい」

「いままでこんなことをしたことはなかったんでしょ、ホーティー？　でもイワジアンさんみたいに堂々としてるわよ」イワジアンはカーニバルの写真館の撮影技師だった。写真を撮るだけでその仕上がりがわかり、ネガの試し焼きを見ることもなかった。

「そんなことばっかり言ってるなあ」ホーティーはかすかにもどかしさを窺わせた。「人にはできることとできないことがあるんだよ。だれかがなにかをするとき、その人がじっさいにやった経験があるのかどうかを考えることに意味がある？　この人はやりかたを心得ているんだな、と思うことはできない？」

「ごめんなさい、ホーティー。わたしったら、あなたをみくびってばっかりね」彼女はアルビノの小人のそばに座った。「バニー」やさしくささやいた。「バニー……」

バニーは首を左右に振り、目を開けた。まだぼんやりとしていて、焦点も定まっていなかった。ジーナのほうを向いたとき、やっと目に認知が追いついてきた。バニーは部屋を見回し、恐怖で叫び声をあげた。ジーナが彼女を抱き寄せた。「大丈夫よ、バニー。彼はキドー、わたしもついてる、あなたはもう大丈夫」

「でもどうして——どこで——」

「シーッ。なにがあったか教えて。カーニバルは覚えてる？　ハバナは？」

「ハバナは死にそうなの」

「わたしたちが助けるから、バニー。ここまで来たときのことは覚えてる？」

「ここ」彼女はあたりを見回した。心の一部が残りに追いつこうとしているようだった。

「人喰いがそうしろって言ったの。彼は目だけになってたわ。しばらくしたら目も見えなくなった。頭のなかで声がした。思い出せない」と彼女は悲しそうに言った。「ハバナが死んじゃう」はじめて言うかのようにそう言った。

「いまは質問しないほうがよさそうね」とジーナが言った。

「だめだ」とホーティーが言った。「しなくちゃ、それもすぐに」バニーのほうにかがみこんだ。「どうやってここを見つけたの？」

「覚えてない」

「人喰いがきみの頭のなかで話したあと、きみはなにをした？」

「列車に乗った」彼女の返事はかなりあやふやだったが、なにかを隠しているようにも見えない——むしろ、記憶を広げることができないでいるようだった。取り出してやらなくてはいけない。

「列車を降りてからはどこへ行ったの？」

「バー。ええと——クラブ……ネモ。店の人に、手を怪我した同僚はどこにいますか、って訊いたの」

ジーナとホーティーは視線を交わした。「ジーナはその人と一緒にいるはずだって、人喰いが言ってた」

「その人はキドーだって言ってた？　それともホーティーって？」

「ううん。言ってなかった。お腹すいたわ」

「わかった、バニー。すぐにふたりで朝食をたっぷり用意するよ。ジーナを見つけたらどうするつもりだった？　連れ戻そうとしていたの？」

「ううん。宝石よ。宝石を持ってたでしょ。ふたつあるはずなの。もしそれを持ってこなかったら、ジーナにやった二倍は酷(ひど)い目にあわせるって言われた。持ち帰ったのがひとつだけだったら、わたしを殺すって」

「ずいぶん変わったのね」軽蔑と恐怖の混じった声でジーナが言った。

「どうしてぼくの場所がわかったんだろう？」ホーティーはなおも尋ねた。

「わかんない。ああ、あの娘よ」

「あの娘って？」

「ブロンドの娘でね。手紙をだれかに書いたって。弟か。ある男がその手紙を手に入れたって」

「男？」

「ブルー。ブルー判事」

「ブルーイット？」

「そう、ブルーイット判事。彼が手に入れた手紙に、娘が町のレコード屋で働いているって書いてあったの。その町にレコード屋は一軒しかなかった。簡単に見つかったたって」

「見つかったって？　だれに？」

「人喰いに。あとそのブルーに。ブルーイットに」

ホーティーは手を組み合わせた。「彼女はいまどこ？」

「人喰いに捕まってカーニバルにいるよ。もう朝ごはん、食べられる？」

14

ホーティーは出ていった。

薄手のコートをさっと着て財布と鍵を持ち、出ていった。ジーナは彼に叫んだ。激しい感情でビロードの声がかすれていた。腕をつかんだが、ホーティーはそれを振りほどきもせずに進み続け、自分の動きに吸いこまれる煙のように彼女を引きずった。ジーナはテーブルに戻ってバッグをつかみ、ふたつのきらめく宝石を取り出した。「ホーティー、待って、待って！」宝石を掲げた。「ホーティー、覚えてないの？ ジャンキーの目、宝石よ――これがあなたなの、ホーティー！」

彼は言った、「もしささいなことでも、どんなことでも、必要があれば〈クラブ・ネモ〉のニックを呼ぶんだよ。信頼できるやつだ」そしてドアを開けた。

ジーナは足を引きずって後を追い、彼のコートに手を伸ばしたけれどつかみそこね、壁ぎわによろめいた。「待って、待って。あなたに伝えないといけないの、あなたは準備ができていない、わかってないの！」彼女は泣いた。「ホーティー、人喰いは――」

階段を半分降りたところでホーティーは振り返った。「バニーを見ててやってくれ、ジー。なにがあっても外に出ちゃいけないよ。すぐ戻るから」

そして彼は出ていった。

ジーナは壁に手をつき、廊下を這うようにして部屋に戻った。バニーはソファに座り、怖がって泣いていた。だがジーナの苦しげにゆがんだ顔を見ると泣くのをやめ、駆け寄った。ジーナを支えて安楽椅子に座らせ、彼女の足元の床にかがみこんで脚を抱きしめ、丸い顎をジーナの膝に載せた。ジーナの顔には精気がなかった。青白い顔についた黒い目で、冷ややかに下を見つめていた。

宝石が手から落ち、敷物の上できらめいた。バニーがそれを拾い上げた。温かかったのはジーナの手にあったからだろう。その小さな手は冷たくなっていたのだけれど……。宝石は硬かったが、握り締めたら軟らかいのではないかとバニーは思った。それをジーナの膝の上に載せた。なにも言わずに。なぜか、いまはなにも言うべきではないとわかったのだ。

ジーナが口を開いたが、はっきりとは聞こえなかった。その声はしわがれたような音でしかなかった。バニーがちいさく問いかけるような声を出すと、ジーナは咳払いをして言った、「十五年よ」

それから数分のあいだ、バニーは静かに続きを待ちながら、どうしてジーナはまばたきをしないのだろうと思っていた。きっと痛いのに……バニーは手を伸ばしてそのまぶたに触れた。ジーナがまばたきし、落ち着きなく身じろぎした。「十五年間、こうなるのを止めようとしてきた。ホーティーが何者なのか、この宝石を見たときにすぐわかったの。見る前からわかっていたのかもしれない……でも宝石を見たときに確信した」目を閉じると声に活力が戻ったようだった、まるでじっと凝視していたせいで疲れ果てていたとでもいうように。「知っていたのはわたしだけだった。人喰いは知りたいと願っていただけだった。ホーティーさえ知らなかった。わたしだけが。わたしだけが。十五年間――」

バニーはジーナの膝を撫でた。長い時間が過ぎた。ジーナが眠ったと確信したバニーが自分の考えをめぐらせようとしたそのとき、また低い、疲れをたたえた声が戻ってきた。

「彼らは生きているの」バニーは顔を上げた。ジーナの手が宝石を包んでいた。「ものを考えて、話をする。交配する。生きている。このふたつの水晶がホーティーなのよ」

ジーナは背を伸ばして髪を後ろにかき上げた。「わたしはそう考えてる。わたしたちがホーティーを見つけた夜、ダイナーに行ったでしょう。トラックに泥棒が入ったのを覚えてる？　泥棒が宝石の上に膝をついたら、ホーティーが真っ青になった。店のなかにいて、トラックからもすごく離れていたのに、彼にはわかったのよ。バニー、覚えてる？」

「うん。ハバナがよくその話をしてた。あなたにはしなかったけどね。わたしたち、あなたが話したくないときはいつもそうとわかったのよ、ジー」

「いまは話したいの」ジーナは疲れ切った様子で言い、唇を舐めた。「あなたが一座に加わってどれくらいになる、バニー？」

「十八年かな」

「わたしは二十年。だいたいだけど、とにかくそのくらい。わたしが〈クウェル・ブラザーズ〉のところにいたとき、人喰いが一座を買い取ったの。人喰いは見せ物の動物園を持っていて、そこにはゴーゴリとピンヘッドと双頭の蛇と毛のないリスがいた。人喰い自身は読心術をやっていてね。クウェルは一座をただ同然の値で売った。二度の長い冬を過ごし、大竜巻にも見舞われて、カーニーの苦労を底の底まで知り尽くしていたからよ。ひもじい日々だったな。わたしが一座に残ったのは、ほとんどそこにしかいたことがなかったから。大変なのはどこに行っても変わらないわ」二十年間をふりかえり、ジーナはため息をついた。「人喰いは彼が趣味と呼んでいるものに取り憑かれていた。奇人たちは彼の趣味じゃない。カーニーも彼の趣味じゃない。その両方が、彼の趣味のためにこそあったのよ」彼女は宝石を持ち上げ、サイコロのようにカチカチいわせた。「これが人喰いの趣味。これがときどき奇人たちを作りだしていたの。あたらしい怪物(フリーク)

を手に入れると彼は――」(その言葉をジーナが口にしたとき、ふたりはぎくりとした)「――自分のそばに置いた。ショービジネスの世界に入ることで、彼らを手元に置きながら、それでお金を稼ぐことができた。そういうわけなの。彼らをそばに置き、研究して、さらに彼らを作った」

「ほんとうに水晶が奇人たちを作ったの?」

「いいえ! 全員がその産物じゃないの。腺(せん)の異常とか突然変異とか、そういうのは知ってるでしょ。この水晶もそういうものと同じように彼らを作りだす、ってこと。水晶はそれを――わたしの考えだけど――意図的に作っているの」

「よくわからないわ、ジー」

「気にしないで! わたしだってわかっていない。人喰いにだってわかっていないの、水晶についで恐ろしいほどいろいろなことを知っているあの人さえもね。あの人は水晶に、なんというか、語りかけることができるの」

「どうやって?」

「読心術と似たやりかたで。思念を水晶に投じるのよ。人喰いは――彼らを思念で痛めつけて、自分の望み通りのことをさせているの」

「なにをしてほしいと思ってるの?」

「たくさんのことよ。それで目指していることはひとつなんだけどね。彼が求めているのはひとりの――仲介者なの。自分が話しかけて命令できるような存在を、水晶に作らせようとしている。そうすればその仲介者が水晶たちに働きかけて、人喰いの望むことを水晶たちにやらせることができる」

「わたしって頭が悪いみたい、ジー」

「ううん、そんなことない……ああ。バニー、バニー、あなたがここにいてくれてほんとによかった！」彼女はバニーを椅子の上に引き上げ、熱っぽく抱きしめた。「話をさせて、バニー。話さなきゃいけないの！　何年も、何年も経ったけど、ひと言も話せなかった……」

「十のうちひとつも理解できないと思うわ、きっと」

「きっとわかるわ。くつろげてる？　さて……話したように、この水晶は動物のようなものなの。でもこれまで地球にいたどんな動物とも似ていない。わたしは、彼らの出身が地球のどこでもないと思っているの。人喰いによれば、ときどき黒い空に浮かぶ白と黄色の星々のイメージが見えることがあって、それは地球外の遠く離れた場所から見た宇宙の姿なんですって。彼は水晶がそこを漂っていたと考えていた」

「人喰いがそう言ったの？　彼があなたに水晶のことを話してたってこと？」

「何時間もね。どんな人でもだれかに話さずにはいられないんだと思うの。人喰いはわたしに話した。なにかひとことでも外に漏らそうものならわたしを殺すと、何度も脅してきた。でもわたしが秘密を守っていたのはそのせいじゃない。ね、彼はわたしに優しかったのよ、バニー。卑劣で正気じゃないけど、わたしにはいつも親切だった」

「そうだよね。みんなよく不思議に思ってた」

「人喰いが話すことはたいした問題じゃないと思ってた。はじめて聞いたときも、そのあと何年間もね。でも彼がやろうとしていることがはっきりとわかったとき、わたしはだれにも話すことができなくなったし、話してもだれも信じないと思うようになった。わたしにできるのは、できるだけ多くのことを知り、そのときが来たら彼を止められますようにと願うことだけだった」

「彼がなにをするのを止めるの、ジー？」

「そうね――いい、水晶のことをもうすこし話したいの。そうしたらわかるから。この水晶はものを複製するの。ひとつの水晶が一輪の花のそばにあれば、それとそっくりなべつの花を作りだす。犬でも、鳥でも同じ。でもそのほとんどはできそこないなの。ゴーゴリがそう。双頭の蛇もそう」

「ゴーゴリがそのひとりなの？」

ジーナはうなずいた。「あの半魚人の少年もね。彼は人間になろうとしていたと思うの。でも、腕も脚も歯もなくて、汗もかかないから、水槽のなかにいなければ死んでしまう」

「でも、水晶はなんのためにそんなことを?」

ジーナは首を振った。「それこそ人喰いが解明しようとしていることのひとつよ。水晶が作るものについて、規則と呼べるものはなにもないの、バニー。つまり、本物そっくりに見えるものもあれば、まったく異様なものもあるし、べつのものは生きてさえいなかったりして、とにかくでたらめなの。だから彼は仲介者を必要としている——水晶と交信できる人物を。人喰いは一瞬のひらめきでしか交信できないの。あなたやわたしが高等化学やレーダーやなんかについて理解するのと同じ程度にしか、彼は水晶を理解できていない。はっきりとわかることはひとつもなかった。水晶にはいろんな種類がある——あるものはほかのものよりも複雑で、いろいろなことができる。たぶん種族はみんな同じなんだけど、年上のものがいるのね。彼らはお互いに助けあったりしないし、お互いに関係があるようにも見えない。

でも彼らは子を産むのよ。人喰いはそのことを知らない。痛めつけられたふたつの水晶が反応をやめることがあるのは、彼も気づいていた。彼ははじめ、それらが死んだのだと思ったの。ひとつのペアを分析したりもした。そしていつだったか、そんなペアをワーブルじいさんにあげたことがあった」

「覚えてる! 力持ちだったけど、すごく年を取ってた。料理係とかを手伝っていたっけ。死んじゃったのよね」

「死んだ——そういう言いかたもできるかもね。彼がよく作っていた木彫り細工を覚えてる?」

「ああ、そうだった――人形とかおもちゃとか、そういうのだよね」

「そう。彼はびっくり箱を作って、その目にこれを使ったの」彼女は水晶を落としてまたキャッチした。「作ったものはいつも子供たちにあげていた。やさしいおじいさんだった。わたしはそのびっくり箱がどうなったかを知っているの。人喰いには知りようがなかったけれど、ホーティーがわたしに話してくれた。どういう巡り合わせか、それは人の手から手に渡って、孤児院にたどり着いたのよ。そこにいたのが、まだちいさな赤ん坊のホーティーだった。ふたつの水晶は六ヶ月かけてホーティーの一部になった――あるいはホーティーが水晶の一部になった」

「でも、ワーブルはどうなったの?」

「そうだった。たしかその一年後くらいに人喰いが思いはじめたのよ、水晶は子を産むのだろうか、産むのだとしたらそのときなにが起こるのだろう、って。ふたつの大きい、成熟した、ぴんぴんしている水晶を手放したのではないかと彼は恐れた。水晶を取り付けた手製のおもちゃがどこかの子供の手に渡って、居場所もわからないということをワーブルから聞くと、人喰いは彼を打ちすえた。殴り倒したの。年寄りのワーブルが起き上がることはなくて、それから二週間後に死んだ。わたし以外のだれもこのことは知らない。料理テントの裏でのことだった。わたしは見たのよ」

「知らなかった」バニーは息を吐いた。ルビー色の目を大きく見開いた。

「だれも知らなかったのよ」とジーナはくりかえした。「コーヒーでも飲みましょ――ああ、バニー！　あなた朝ごはんをまだ食べてなかったじゃない、かわいそうに！」

「もう、なに言ってんの」バニーが言った。「いいのよそんなの。話を続けて」

「キッチンに行きましょ」ジーナはそう言ってぎこちなく立ち上がった。「そう、人喰いが非人間的だと思えたとしても不思議じゃない。彼は――人間じゃないんだから」

「じゃあ、なんなの？」

「これから話すわ。まずは水晶の話。人喰いによれば、水晶がなにかを――植物や動物を――作るやりかたにいちばん近い表現は、水晶がそれらの夢を見ているというものなの。あなたも夢を見ることがあるでしょ。夢のなかで見るものには、鮮明ではっきりしているものもあれば、ぼんやりしていたり、ゆがんでいたり、バランスが崩れていたりするのもあるじゃない？」

「うん。卵はどこ？」

「はい、ここ。で、水晶も夢を見ることがあるの。彼らが鮮明ではっきりとした夢を見たときは、とても見事な植物や、本物そっくりのネズミや蜘蛛(くも)や鳥を作る。たいていはそううまくいかないんだけどね。人喰いは、水晶の見る夢はエロティックなんだと言っていた」

「どういうこと？」

「彼らは交わる準備ができたときに夢を見るということよ。でもなかには——若すぎたり未熟だったり、もしかしたら、そのときはぴったりの相手を見つけられなかったものもいるんだと思う。そうやってひとりで夢を見た水晶は、植物の分子を作り変えてべつの植物の構造にしたり、土の山を鳥に変えたりする……彼らがなにを作るのか、なぜ作るのかは、だれにもわからない」

「でも——交わるためにどうしてものを作らなきゃいけないの？」

「人喰いによれば、水晶がものを作るのは交わるためではないの、厳密にはね」ジーナは根気強く説明しながら、フライパンの上で手際よく卵をひっくり返した。「彼はそれを副産物だと言っていた。恋をしていて、愛する人のことだけ考えているときに、歌を作るようなものよ。その歌は愛する人とぜんぜん関係ないかもしれないでしょ。小川についての歌かもしれないし、花とかそんなものの歌かもしれない。風とか。最後まで完成しないかもしれない。そういう歌は恋の副産物ということになる。でしょ？」

「そうか。つまり水晶はものを作る。ときには完成されたものも作る——ティン・パン・アレー〔訳注：作曲家や音楽出版社が集まったニューヨーク市の一角で、ガーシュインやバーリンなどのポピュラー音楽の産地として知られる〕が歌を作るみたいに」

「そんなようなことね」ジーナは微笑んだ。ずいぶん久しぶりの微笑みだった。「座って、バニー。トーストを持ってくるから。さて――ここからはわたしの考えなんだけど――ふたつの水晶が交わると、また違うことが起こる。彼らは完全なものを作るの。それも、独り身の水晶とはまったく違うやりかたで。まず、ふたつの水晶は一緒に死んだように見える。数週間、そんなふうにじっとしているの。それから自分たちの近くにいる生き物を見つけて、それを作り替える。細胞を一つひとつ、入れ替えていくのね。入れ替え中の生物のなかで起こっている変化は見ることはできない。たとえば犬だったら、その犬は食事もするし、走り回るし、月に向かって吠えたり、猫を追いかけたりし続けるでしょう。でもある日――どのくらいかかるのかわからないけど――それは完全に、ひと欠片の細胞も残さずに入れ替わるの」

「そしたらどうなるの？」

「そしたらそれは自分を変えられるようになる――もし変えられることに思いあたりさえすればね。なりたいと思えば、ほとんどどんなものにでもなれるの」

バニーは噛むのをやめて考え、飲みこみ、尋ねた。「変わるってどんなふうに？」

「そりゃ、大きくなったり小さくなったり。手足をふやすこともできる。おかしな形にもなれる――痩せたり、太ったり、ボールみたいに丸くなったりもできる。傷ついたら、あたらしい手足を伸ばすことができる。それに、わたしたちには想像できないような仕方でいろいろなことができるようになる。バニー、狼男の話を読んだことはある？」

「あの狼から人間に変わったり元に戻ったりするいやらしい怪物？」

ジーナはコーヒーをすすった。「うーん。そうね、ほとんどは伝説だけど、そもそもはそういう変化を実際に見た人がいるはずなのよ」

「ということは、その水晶の生物が地球に来たのは最近じゃないってこと？」

「とんでもない！　人喰いが言うには、彼らはこれまでもずっと、この星にやってきて、生活して、繁殖して、死んできたんですって」

「奇人たちと狼男を作るためだけにねえ」バニーは驚いて息を吐いた。

「違うの！　そういうものを作るのは彼らにとってなんでもないことなの！　彼らは彼らの生活を生きている。人喰いでさえ、彼らがなにをしているのかも、なにを考えているのかも知らない。彼らはうわの空でものを作り出しているのよ、紙切れに落書きして捨てるみたいに。でも人喰いは、仲介者が手に入れば水晶を理解できると思っている」

「人喰いがそんないかれたことを理解したがっているのはなんでなの？」

ジーナの小さな顔が曇った。「それに気づいたとき、わたしは注意深く話を聴くようになった――そしていつか彼を止められたらと思うようになった。バニー、人喰いは人間を憎んでいる。あらゆる人間を憎んで、軽蔑しているのよ」

「うん、そうよね」とバニーが言った。

「いまでも彼は、水晶への制御力はとぼしくても、どうにかして自分の望むことを彼らにやらせているの。バニー、人喰いは湿地に水晶を埋めて、その周りにマラリア蚊の卵を撒いたのよ。フロリダで有毒なサンゴヘビを捕まえて、それを水晶と一緒に南カリフォルニアに放ったの。ほかにもいろんなことをしてる。カーニバルを続けている理由のひとつはそれよ。毎年、同じ巡業路をたどって国じゅうを巡ることができるでしょう。彼は何度も戻っていっては自分の埋めた水晶を見つけて、それが人々にどんな害を与えたかを確かめている。そしてさらに多くの水晶を採取し続けている。それはあらゆるところで見つかるの。森のなかや草原を歩いて、ときおり――思念のようなものを送る。彼が体得しているやりかたでね。それで水晶を痛めつけるの。水晶が苦痛を感じると、それが人喰いにはわかるのよ。あちこちで狩りをして水晶を痛めつけて、その苦痛をたよりに、まっすぐ彼らの居場所にたどり着く。とにかく、見回せばいくらでもいるのよ。磨かれるまでは小石や土くれにしか見えないんだけどね」

「ああ、なんて――なんてひどいの！」バニーの目に涙が光った。「人喰いは――殺されてしかるべきだわ！」

「あの人が殺されるなんてことがあるのかどうか」

「つまりあなたは、人喰いが水晶から生まれたって考えているのね？」

「彼がやっているようなことが人間にできると思う？」

「でも――もし仲介者を手に入れたら、人喰いはなにをするんだろう？」

「仲介者を訓練するのよ。ふたつの水晶が作った生物は、その生物自身が考えるような生物になるの。人喰いは仲介者に、おまえはわたしの召使いであり、命令を待っているんだ、と伝えるつもりよ。仲介者はその言葉を信じて、自分のことをその通りに理解する。その仲介者を使えば、人喰いは水晶たちに向かって真の力を発揮できるようになるのよ。いずれは水晶たちを交わらせ、一緒に夢を見させて、彼の望む恐ろしいものをなんでも作らせることができるようになるかもしれない。疫病と葉枯れ病と毒素をばら撒いて、地球上から人類を消し去ってしまうかもしれない！　最悪なのは、水晶たち自身はそれを望んでいるようには見えないってことなの！　彼らはありのままの自分たちでいることに満足していて、ときどき花や猫を作って、彼らだけの考え事をして、どんなに奇妙な生活だとしても、それを生きることで満足している。彼らは人間たちを狙ってはいないの！　まったく気にしていないのよ」

「ああ、ジー！　あなた、こんなことをぜんぶひとりで抱えて何年も過ごしていたのね！」バニーはテーブルを回りこんで駆け寄り、ジーナにキスした。「どうしてだれかに話さなかったの？」

「できなかったのよ。頭がおかしくなったと思われるでしょ。それにそうじゃなくても――ホーティーがいた」

「ホーティーがどうしたの？」

「ホーティーは孤児院の赤ん坊だったけれど、どういう巡り合わせか、水晶のついたおもちゃがその孤児院に持ちこまれた。その水晶が彼を選んだのよ。だとしたらすべての辻褄があう。あの子の話では、そのびっくり箱――ジャンキーと呼んでた――を取り上げられたとき、死にそうになったんですって。そのときの医者は精神病の一種だと思ったみたいだけど、もちろん違う。あの子は結婚した水晶との奇妙な束縛関係にあって、彼らから離れて生きることができなくなっていた。周りにとっては、子供におもちゃを残しておくほうが――ホーティーから見ても醜いおもちゃだったようだけど――その精神病を治療するよりはるかに簡単に思えたんでしょうね。いずれにしても、ジャンキーはホーティーが養子にもらわれるときも一緒にいた――引き取ったのは偶然にも、アーマンド・ブルーイットだった。あの判事よ」

「いやな感じだった！　全身がふにゃふにゃで――じめっとしてて」

「人喰いは一対の水晶が作った生物を二十年かそれ以上探し続けていた――自分ではそうとわからずにね。彼が最初に見つけた水晶も、きっとペアのうちのひとつだったんだけど、そのことに気づかなかったのよ。彼はずっと気づいていなかった――ホーティーのことについて知るまでは。推測はできていたけれど、いまのいままではっきりわかってはいなかった。わたしがそれを知ったのは、ホーティーを拾ったあの夜だった。人喰いはホーティー、つまりひとりの人間を得るためなら、この世で手に入れたものをすべて投げ出すと思う。人間じゃないわね。ホーティーは、彼が一歳のときからずっと人間じゃない。でも言いたいことはわかるでしょ」

「ホーティーが人喰いの仲介者になりうるってことね？」

「そのとおり。だからホーティーの正体に気づいたとき、わたしはピエール・モネートルがまず探そうと思わない場所——つまり彼の目の前に、ホーティーを隠すという賭けに飛びついたの」

「ああ、ジー！　そんなひどい賭けをするなんて！　見つかったのも当然よ！」

「そこまで分の悪い賭けではなかった。人喰いはわたしの心が読めないから。わたしを思念で突っつくこともできたし、奇妙なやりかたでわたしを呼ぶこともできたけど、心のなかを見ることはできなかった。さっきホーティーがあなたにやったようなことはできなかったの。人喰いは催眠術をかけて、あなたに宝石を盗んでこさせようとしたでしょ。そしてホーティーはあなたの心に入って、その催眠をすべて解いてしまった」

「わたし——覚えてる。おかしくなりそうだった」

「わたしはホーティーをそばに置いて、ずっと彼に働きかけた。手に入るものはなんでも読んで、彼に与えた。なんでもよ、バニー——比較解剖学に歴史学に音楽学に数学に化学——あの子が人間についての知識を得るきっかけになると思えるものなら、なんでも。古いラテン語の格言があるでしょ、バニー。コギト・エルゴ・スム――『われ思う、ゆえにわれあり』。ホーティーこそ、その格言を体現している存在だった。彼が小人だったのは、彼が自分を小人だと信じこんでいたからよ。だから成長もしなかった。声変わりすることも思いつかなかったし、学んだことを自分自身に当てはめようともしなかった――自分に関わる決断を、ぜんぶわたしにまかせていたの。あの子は学んだことをすべて排水路のない貯水池に溜めこんで、それを活用するときだと自分で確信するまでは、すべてを手付かずにしていた。彼には直観像記憶があった」

「なにそれ？」

「カメラ記憶よ。彼は見聞きしたり読んだりしたことを完璧に覚えておけるの。指が生え戻ってきたとき――取り返しのつかないほどぐしゃぐしゃだったでしょ――わたしはそのことをひた隠しにした。それこそが、人喰いがホーティーの正体に気づくきっかけになるかもしれなかったから。人間には、指を再生させることはできない。単独の水晶が作った生物にもできない。人喰いは、動物園の暗闇のなかで何時間もかけて、禿(は)げたリスに毛を生やしたり、半魚人のゴーゴリにえらをつけたりしようと、彼らを思念で突き刺していた。そのうちのどれかがペアの水晶の産物だったら、彼らは自己修復できたはずよ」

「わかった気がする。あなたがやってたことは、ホーティーに自分を人間だと信じこませることだったのね?」

「そのとおり。あの子にはなによりもまず、自分が人類の一員だと信じてもらわなくてはいけなかった。指がまた生えてきたころにギターを教えたのはそのためよ。彼が音楽を早く、隅から隅まで学ぶことができるようにね。ギターだったらピアノを三年やって得られる以上の音楽理論を一年で学べるし、音楽は人間にまつわることのなかでもっとも人間らしいことのひとつだから……あの子がわたしを信頼しきっていたのは、わたしが彼に自力で考えることをさせなかったからなの」

「わたし——あなたがそんなふうに話すのを聞いたことなかったよ、ジー。まるで本を読まされてるみたい」

「わたしにも演じなきゃいけない役割があったのよ、バニー」ジーナは穏やかに言った。「まず、わたしに教えられることをホーティーがぜんぶ学び終えるまで、彼を隠し続けなくてはいけなかった。それから、彼が人喰いを止めるための方法を考えなくてはいけなかった——人喰いがホーティーをしもべにする危険を避けながらね」

「ホーティはどうすれば人喰いを止められるの?」

「人喰いは単独の水晶が生んだものだと思う。もし人喰いがするような精神的な打撃をホーティーが学びさえすれば、それで人喰いを破壊することができると思うの。わたしが銃弾で人喰いを撃ち殺せたとしても、彼を作った水晶を殺すことにはならない。もしかしたら、もっとあとでその水晶がべつの水晶と交わって、また人喰いをそっくりそのまま生み出すかもしれないでしょ——それも、ペアの水晶が生んだ生物が持つ力をすべて持った人喰いをね」

「ジー、人喰いがペアの水晶の産物じゃないって、どうしてわかるの？」

「わからないの」ジーナは厳しい表情でそう答えた。「もし人喰いがペアの水晶の産物だったら、わたしにできるのは祈ることだけ——ホーティーの人間としての自覚が、人喰いが作り上げたいと考えているような存在に対抗できるほど強いことを。アーマンド・ブルーイットを憎むのは人間的なことでしょう。ケイ・ハローウェルを愛するのもそうよ。わたしはそのふたりのことで彼をしつこく悩ませ、何度も教えこんで、からかった。それが彼の血と骨になるまでね」

この苦々しい言葉の奔流を前に、バニーは黙りこんだ。バニーにはわかった——ジーナがホーティーを愛していることを。そして、ケイ・ハローウェルの出現を脅威に感じるひとりの女として、ケイをホーティーから遠ざける誘惑と戦い、勝ったのだということを。そしてなによりも、長きにわたる自分の作戦が究極の危機に瀕しているという恐怖と後悔に、いま直面していることを。

バニーは見つめた——ジーナの誇り高い、痛めつけられた顔を、かすかにかたよって垂れ下がった唇を、痛々しく傾いた頭を、大きなローブの下でそらされた肩を。決して忘れられない人の姿がここにある、と彼女は気づいた。人類という概念は、異常な人々にいつもついてまわる。異常な人々は、思いこがれながら人類という概念のそばにいて、逸脱した言葉で人類としての市民権を求め、そこにむかって発育不全の腕を伸ばしつづけている。バニーは心のなかで、彼女のうちひしがれた勇敢な姿を——ひとつの象徴として、賛辞として、大きなメダルに刻みつけた。

ふたりの目が合い、ジーナがゆっくりと微笑んだ。「バニー、どうしたの……」

バニーは口を開けて咳きこむようにすすり泣きしはじめた。ジーナの身体に両腕を回し、顎を彼女の浅黒い肌の首元の、ひんやりしたくぼみにすり寄せた。目をぎゅっと閉じて涙を払った。再び目を開けると視界が戻ってきた。そして言葉を失った。

ジーナの肩越し、キッチン扉の向こうに見える居間に、大きい、痩せ細った姿があった。コーヒーテーブルに身をかがめると、その下唇がぶらんと揺れた。繊細な手がひとつ、ふたつと、宝石を取った。影は身を起こし、灰緑色の顔はうつろな憐れみの表情をバニーに投げかけ、静かに出ていった。

「バニー、ちょっと、苦しいよ」

あの宝石がホーティーなんだ、とバニーは思った。ソーラムが宝石を取って人喰いのところに持っていったと言わなくちゃ。顔も声もチョークのように乾き、真っ白になった彼女は言った、「もっと苦しいことがあるの……」

15

ホーティーは音を立てて階段を上り、アパートに駆けこんだ。「水のなかを歩いてるみたいだ」彼はあえいだ。「手を伸ばしたと思ったら離れていく。なにをやっても、どこにいっても、早すぎるか遅すぎるかで――」それからやっと安楽椅子に座っているジーナを見た。彼女は呆然と目を見張っていて、足元にはバニーがかがみこんでいた。

「なにがあったの？」

「わたしたちがキッチンにいるときにソーラムが入ってきて、宝石を取って、わたしたちはなにもできなくて、そしたらジーナはなにも言わなくなって、わたしは怖くってどうすればいいかわからなくて――ホーティー……」バニーは泣き出した。

「そんな」ホーティーは大股で二歩歩いて部屋を横切った。バニーをかかえ上げ、さっと抱きしめてから下ろした。ジーナのわきに膝をついた。「ジー――」

ジーナは動かなかった。瞳孔が開いていて、真っ暗な夜に通じる窓のようだった。ホーティーは彼女の顎を上に傾け、視線を合わせた。ジーナは震え、それからまるで火傷（やけど）

したように叫び、彼の腕のなかで身をよじった。「やめて、やめて……」

「ああ、ごめんよ、ジー。こうしたら痛むって知らなくて」

ジーナは背をそらして彼を見上げ、ついに目を合わせた。「ホーティー、あなた無事なのね……」

「ああ、もちろん。ソーラムがどうしたって?」

「水晶を取っていったの。ジャンキーの目を」

バニーがささやいた、「ジーナは十二年間、それを人喰いから隠していたのよ、ホーティー。でもいま——」

「水晶を目当てに人喰いがソーラムを送りこんだってこと?」

「きっとそう。わたしの後をつけてきて、あなたが出ていくまで待ってたんだわ。ソーラムはさっきまでここにいたけどすぐ出ていって、わたしたちは振り返って見ることしかできなかった」

「ジャンキーの目が……」子供のころ、死にかけたことがあった。アーマンドがジャンキーを捨ててしまったときだ。浮浪者が膝で踏み潰したこともあった。そのときホーティーは六十メートル離れた食堂にいたのにそれを感じた。そしていま人喰いが……なんということだろう。こんなひどい事態があるだろうか。

バニーがとつぜん口に手を当てた。「ホーティー——いま思ったんだけど——人喰いがソーラムだけを送りこむはずないわ。彼は宝石がほしいんでしょう……ほしいものがあるときの人喰いがどうするかはわかるでしょ。ただ待っているはずがない。彼もいまこの町にいるのよ」

「いいえ」ジーナがぎこちなく立ち上がった。「バニー、それはない。わたしの考えが正しければ、人喰いはさっきまで町にいたけど、いまはカーニバルに戻っている途中よ。もしケイ・ハローウェルをホーティーだと思っているとしたら、彼は宝石をカーニバルに持ち帰って、それに働きかけながらケイを観察したいはず。いままさにカーニバルへの道を急いでいるに違いないわ」

ホーティーはうめいた。「ぼくが外に出なければ！　ソーラムを止められたかもしれない、人喰いのところへ行けたかもしれないのに——くそっ！　ニックの車がガレージにあったんだ。まず借りるためにニックを探し出さなきゃいけなくて、つぎにガレージの真ん前に停まっていたトラックを退かさなきゃいけなくて、そしたらトラックのラジエーターに水がなくて、それで——ああ、もういい。とにかく、いま車がある。下に停めてるんだ。いますぐ出発するよ。五百キロ行かないうちに追いつけると思う……ソーラムが来たのはどのくらい前？」

「一時間くらい。そんなの無理よ、ホーティー。それに人喰いが宝石に働きかけたときにあなたがどうなるか、考えたくもない」

ホーティーは鍵の束を取り出し、それを放り投げてまたキャッチし、とつぜん「もしかしたら」と言った。「もしかしたらいけるかも――」そして電話機に飛びついた。

ホーティーが受話器にむかってあわただしく喋っているのを聞いて、ジーナはバニーを見た。「飛行機か。その手があった！」

ホーティーは受話器を置いて腕時計を見た。「ぼくが十二分以内に空港に行ければフィーダー便に乗れる」

「『わたしたちが』でしょ」

「きみらは行かない。ぼくの戦いだ、ここからは。きみらはもう十分やった」

バニーは薄手のコートをはおった。「わたしはハバナのところに戻る」ときっぱり言った。子供のような顔立ちに、断固とした表情があらわれていた。

「わたしを置いていくなんてことはないでしょうね」ジーナも当然のように言い、コートを取りにいった。「話し合うつもりはないわ、ホーティー。あなたに伝えなくちゃいけないことがたくさんある。それにたぶん、しなくちゃいけないこともね」

「でも――」

「彼女の言うとおりだと思う」バニーが言った。「あなたに伝えることがたくさんあるのよ」

彼らが到着したとき、飛行機は揺れながら滑走路に出るところだった。ホーティーが直接そこに乗り入れてクラクションを鳴らすと、飛行機は停止した。おのおの席についてから、ジーナは落ち着いて話しはじめた。話し終えるころには、目的地まであと十分というところだった。

長く、静かに考えこんでからホーティーは言った、「それがぼくってわけだ」

「あなたは途方もない存在なのよ」とジーナが言った。

「どうしてもっと前に話してくれなかったの？」

「わたしにもわからないことがたくさんあったから。いまもあるのよ……人喰いがどれくらいあなたの心を掘り起こせるのかわからなかった。自分についての認識があなたのなかでどれだけ深まれば、それがしっかり定着するのかもわからなかった。わたしがやってきたのは、あなたが自分を人間として捉え、人類の一員であるということに疑問を持たず、その概念にしたがって成長できるように仕向けることだけだった」

ホーティーがとつぜん彼女のほうを見た。「どうして蟻を食べたんだろう？」

ジーナは肩をすくめた。「わからない。ふたつの水晶も完璧なものは作れないのかもしれないわ。なんにしても、あなたの蟻酸（フォーミック・アシッド）のバランスが失調していたのね——フランス語では「蟻」をフォルミって言うって知ってた？　蟻にはその酸がたくさんあるのよ。しっくいを食べる子もいるけど、それはカルシウムが必要だから。焦げたケーキが好きな子は、炭素が必要だから。バランスが崩れていることには、きっとなにか重要な意味がある」

フラップが降り、がくんと速度が下がった。「着いたぞ。ここからカーニバルまではどのくらい？」

「六キロくらいよ。タクシーに乗りましょう」

「ジー、きみは敷地の外に残していくよ。これ以上がんばらせるわけにはいかない」

「わたしは一緒に行くからね」バニーはきっぱりと言った。「でも、ジーは——ホーティーが正しいと思う。お願いだから外にいて——すべてが終わるまで」

「どうするつもりなの？」

ホーティーは手を広げた。「できることはなんでも。ケイを連れ出す。アーマンド・ブルーイットがケイと彼女の遺産のことでどんな薄汚いことを考えているか知らないが、それを止める。そして人喰いを……わからないよ、ジー。来るものに対処するしかない。でもしなきゃいけないのはぼくだ。きみはできることを全部やったんだ。はっきり言うよ、いまのきみの足じゃてきぱき動けない。ぼくがきみの面倒を見なくちゃいけなくなる」

「彼の言うとおりよ、ジー。お願い——」とバニーが言った。

「ああ、とにかく気をつけて、ホーティー——お願いだから気をつけて！」

これ以上の悪夢はない、とケイは思った。怯えきった狼といまにも死にそうな小人といっしょにトレーラーに閉じこめられていて、狂人と怪物がいつ戻ってくるかもわからないなんて。それに、なくなった指がどうとか、生きている宝石がどうとか——そしてなによりどうかしているのは——ケイがケイではなく、べつのだれか、もしくはべつのなにかではないのかとかいった、あの狂気じみた会話。

ハバナがうめいた。ケイはふたたび布を絞って彼の額をぬぐった。また彼の唇が震えて動くのが見えたが、言葉は喉につかえていて、ゴロゴロと音が漏れたと思ったら消えた。「なにかが必要なのね」と彼女は言った。「ああ、彼のほしいものがわかったら！わかったらすぐに取ってこられるのに……」

アーマンド・ブルーイットは壁に寄りかかり、背広(せびろ)姿で片肘を窓から外に突き出していた。そこにいるのが居心地悪いことと、おそらく足が痛んでいることがケイにはわかった。だがアーマンドは腰を下ろしもせず、窓から離れようともしなかった。なんということだろう。彼は助けを求めて叫びたがっているようなのだ。いやらしい指をしたおいぼれは、急にケイを恐れるようになっていた。いまだに濡れた目で彼女をじっと見つめてよだれを垂らしていたが、怖がってもいた。まあいい、放っておこう。だれだって自分のアイデンティティは否定されたくないものだが、このときのケイにかぎっては都合がよかった。そのおかげでこの部屋にいる自分とアーマンド・ブルーイットの距離が保たれるなら、なんだっていい。

「そんなちびなど放っておけばいいのに」アーマンドはぶっきらぼうに言った。「どうせ死ぬところなんだ」

ケイは敵意のあるまなざしを彼に向け、なにも言わなかった。沈黙が続き、その静けさのなかで判事が痛々しく刻む足の音だけが響いた。やがて彼はついに口を開き、「モネートルさんが水晶を持って戻ってきたら、すぐにおまえの正体をつきとめてやる。そうなったら、この状況がなんのことかわからないなんて二度と言うなよ」とがみがみ言った。

彼女はため息をついた。「ほんとにわからないんだもの。そんなふうに叫ぶのはやめてよ。持ってもいない情報を無理に引き出そうとしてもだめよ。それにこの小さい人の具合もよくないんだから」

判事はせせら笑い、ますます窓のほうに身を寄せた。ケイは無性に、そこまで行ってどなりつけたくなった。彼は壁を突き破ってでも逃げていくだろう。だがハバナがまたうめいた。「ねえ、どうしたの？ どうしたの？」

それからケイは固くなった。心の奥深くで、ある存在を感じたのだ――それはなめらかに変化する優美な音楽と、おおらかで感じのいい顔立ちと、魅力的な笑顔に結びついた概念だった。問いかけられたような気がした彼女は声を出さずに返答した、わたしはここよ。だいじょうぶ——いまのところは。

彼女は振り返って判事を見て、この奇妙な体験を共有しているかをたしかめた。彼は緊張していた。肘を窓の下枠に置き、爪をそわそわと下襟で磨いていた。

窓から手が伸びてきた。

それは指を切断された手だった。なにかを探している水鳥の首のようにトレーラーのなかへと伸びてきて、アーマンドの肩の上を通り過ぎ、彼の目の前で指を広げた。親指と人差し指は無傷だった。中指は叩き潰されていて、残りの二本はボタンのような傷跡にすぎなかった。

アーマンド・ブルーイットの眉がふたつの引き伸ばされた半円になり、飛び出た目の上で逆立った。目は開いた口のように丸く見開かれた。上唇はめくれて上を向き、鼻の穴をふさぎそうになった。彼はかぼそい声を出し、吐き気を催(もよお)し、金切り声を上げて崩れ落ちた。

手が窓から消えた。外の、ドアの近くで慌ただしい足音がした。ノック。それから声。

「ケイ。ケイ・ハローウェル。開けてくれ」

うつろな、震える声で彼女は言った、「だ——だれ？」

「ホーティーだよ」ドアノブががたがた鳴った。「早く。人喰いが戻ってくる、いいから急いで」

「ホーティー。わたし――鍵がかかってるの」

「鍵はたぶん判事のポケットだ。早く」

ケイは倒れている男におそるおそる近づいた。彼は仰向けに横たわり、頭を壁に寄せ、途方もない精神的努力で目をぎゅっと閉じ、外界を締め出そうとしていた。上着の左側のポケットにリングでまとめられた鍵束と――それとは別に一本あった。彼女は独立しているほうをとった。うまく合った。

ケイは日光にまばたきしながら立っていた。「ホーティー」

「そのとおり」ホーティーはなかに入り、彼女の腕に触れてにっこり笑った。「手紙を書いたのはまずかったね。おいで、バニー」

ケイは言った、「あなたの居場所を知ってると思われてたの」

「いま知ったわけだ」ホーティーは彼女に背を向け、仰向けになったアーマンド・ブルーイットを観察した。「なんて格好だよ。腹の具合でも悪いのか？」

バニーは寝台に飛んでゆき、かたわらにしゃがんだ。「ハバナ……ああ、ハバナ……」

ハバナはこわばったまま仰向けになっていた。目はうつろで、乾いた唇を突き出していた。ケイが言った、「彼は……わたしにできることはやったの。でもなにかほしそうにしていて。もしかしたらもう――」彼女も寝台のそばに近づいた。

ホーティーも続いた。ハバナの青白いぽってりとした唇がゆっくりとゆるみ、またすぼまった。かすかに声が漏れた。ケイが言った、「彼がほしいものがわかったら！」バニーはなにも言わなかった。両手をハバナの熱い頬にやさしく添えていたが、その仕草はまるで彼からなにかを力ずくでもぎ取ろうとしているようでもあった。

ホーティーは眉をひそめ、「わかるかもしれない」と言った。

ケイは、ホーティーの表情がゆるみ、そこに深い穏やかさが満ちていくのを見た。彼はハバナの上にかがみこんだ。とつぜん部屋が静まり返った。外のカーニバルの騒音が、彼らのもとに押し寄せ、鳴り響くかのようだった。

しばらくしてケイのほうを向いたホーティーの顔は、悲嘆でゆがんでいた。「彼の望みがわかった。人喰いが来るまでにそんな時間はないかもしれないけど……でも――いや、間に合わせる」彼はきっぱりとそう言った。そしてケイを見た。「ぼくはトレーラーの向こう端に行かなくちゃならない。もしこいつが動いたら――」判事を示した。「靴で殴って。なかに足を入れて蹴るともっといいかもね」出て行くとき、ホーティーは妙な仕草で喉を揉んでいた。

「なにをするつもりなの？」

生気のないハバナの顔から目を離さずにバニーが答えた。「わからない。ハバナのためになにかするつもりなのよ。出て行くときのホーティーの顔を見た？　わたしにはとても思えないの、ハバナがこれから——これから——」

仕切りの向こうからギターの音が聞こえてきた。六本の開放弦がそっと撫(な)でられる音だった。低かったAの音がわずかに上がった。Eの音が半音下がる。それからコードが鳴らされ……。

どこかで、少女がギターに合わせて歌いだした。「スターダスト」だ。豊かで澄み切ったリリックソプラノで、ボーイソプラノのように清らかだった。あるいはほんとうに少年の声なのかもしれない。フレーズの最後にビブラートがかかっていた。声は歌詞をなぞっていたが、リズムはかなり曖昧(あいまい)だった。まったくの即興でもなく、かといって完全に型にはまってもおらず、息をするようにのびのびとしていた。複雑なコードは使っていなかったが、伴奏は素早く、繊細に、歌に重なったり別れたりしながら奏でられた。ハバナの目はまだ開いていて、相変わらず身動きもしていなかった。だがその目はいま濡れていて、うつろでもなかった。やがて彼はゆっくりと微笑んだ。ケイはバニーの横で膝をついた。きっと、ただできるだけ近くにいようとしたのだ……するとハバナが笑顔で「キドー」とつぶやいた。

歌が終わると、ハバナの表情がゆるんだ。そしてはっきりと「へえ」と言った。このひとことのなかに、賞賛の気持ちがあふれていた。それから、ホーティーが戻ってくる前に、彼は死んだ。

部屋に戻ってきたホーティーは、寝台をちらりとも見なかった。喉の具合が悪そうだった。「行こう」としわがれ声で言った。「ここから出なくちゃ」

彼らはバニーを呼んで出口に向かった。だがバニーは寝台から離れず、手をハバナの頰に添え、ふくよかな丸い顔をこわばらせていた。

「バニー、行こう。人喰いが戻ってきたら――」

外で足音がして、トレーラーの壁になにかがぶつかる音がした。ケイは振り向き、とつぜん暗くなった窓を見た。そこを塞いでいたのはソーラムの巨大で悲しげな顔だった。まさにそのとき、ホーティーが鋭い叫び声をあげ、もだえながら床に倒れた。ケイが振り返ると、ドアが開いていた。

「お待ちいただいてありがとう」とピエール・モネートルは言い、部屋を見回した。

16

ジーナはモーテルのごつごつしたベッドの端でうずくまって泣いていた。ホーティーとバニーが出て行って二時間近くが経っていた。時間が過ぎるほどにふくらんでいった憂鬱（ゆううつ）は、まるで空気中に漂う苦い香りや、痛めつけられた手足にかけられた鉛のシーツのように彼女をおおった。二度、跳ねるように立ち上がってそわそわと歩き回ったが、膝の痛みのせいでベッドに戻らざるをえず、力なく枕を叩き、なすすべもなく横たわって、疑念がぐるぐると絶え間なくつきまとってくるままにするしかなかった。ホーティーに彼自身のことを伝えてよかったのだろうか？　アーマンド・ブルーイットへの復讐以外のことについても、ホーティーがもっと残酷で無慈悲な感情を抱けるようにするべきだったのではないか？　彼女がほどこした訓練の成果は、従順な存在だったホーティーのなかにどれほど深く浸透したのだろう？　モネートルならあの獰猛（どうもう）で支配的な力で彼女の十二年におよぶ努力を一瞬で消し去ることができるのではないだろうか？　ジーナにわかっていることは少なかった。彼女は思っていた、自分はこんなにちっぽけなのに——ひとりの人間を作ろうとしていたなんて、と。

あの奇妙な生きた水晶たちのなかに自分の精神を潜りこませられたらいいのに、とジーナは強く思った。人喰いがやろうとしていることを完璧にやれれば、水晶の生態、つまり異質なあまり論理というものがまったく機能していないかのように見える生命体の真実を、知ることができるのに。水晶たちは豊かな生命力を持っていて、創造し、産み、苦痛を感じるけれど、どんな目的で生きているのだろう？　ひとつの水晶を砕いてみても、別のものたちが気にする様子はない。なぜ彼らは〈夢の産物〉をせっせと、細胞ひとつずつから作るのだろう——なぜそうやって、ときには単にぞっとするものや、異形の存在や、不完全で機能不全を起こしている怪物を作り出し、ときには複製とオリジナルの区別がまったくつかないほど完璧に自然物を複製し、ときにはホーティーのようにまったく新しく、なんの複製物でもない——むしろ複製とオリジナルの中間物とも言うべき——表面上はごく普通の生物だが中身は完全な流動体であるような、多形性の生命体を創造するのだろう？　水晶は創造物とどのような関係を結ぶのだろう？　単一の水晶は、自分が生み出したものにたいする支配をいつまで保つのだろう——そして構築物がふいに独立するのを、どんなふうに見届けるのだろう？　そして、きわめてめずらしいシジジイ現象〔訳注：単為生殖生物が交配の際に細胞核を一時的に融合させ、互いの一部を獲得したうえでまた分離するという、スタージョン独自の概念〕によって、ふたつの水晶がホーティーのようなものを作った場合——水晶たちはいつ束縛を解き、彼を独立した生き物にするのだろう……そうなったら彼はどうなるんだろう？

人喰いが水晶の創造物を彼らの夢だと表現したのは的確だったのだ——それは異質な想像力が生んだ固形物であり、思いつくまま自在に形作られたものであり、現実の不完全な記憶にもとづいた連想の断片を手がかりにして模倣されたものなのだ。ジーナは知っていた——人喰いが嬉々として実証してみせたとおり、地球には何千あるいは何億もの水晶がいて、彼らなりの奇妙な生活を営んでいて、人類が彼らに気づいていないように、彼らも人類に気づいていないということを。なぜならこのふたつの種は、ライフサイクルも、目的や方向性も、互いに完全に独立しているからだ。しかし——この星に存在する人間のなかに、じつは少しも人間ではない者がどれだけいるのだろう？　どれほどの木々やウサギや花やアメーバ、海洋環形生物やセコイアやウナギやワシが、それらの原型（プロトタイプ）のなかで育ち、開花し、泳ぎ、狩りをしつづけているのだろう——自分たちが異質な夢の産物であり、その夢以外にいかなる来歴も持たないとも知らずに？

「本なんて」ジーナは鼻で笑った。これまでに読んできた本たち！　彼女は手に入れられるものすべてに飛びついてきた——夢見る水晶の生態について、ほんのわずかでも手がかりをくれそうなものになら、どんなものでも。だが彼女が得た（そしてホーティーに手渡した）生理学、生物学、比較解剖学、哲学、史学、神智学、心理学にまつわるどんなささやかな知識のなかにも、人類こそ創造の頂点であるという独りよがりな確信、つまらない仮説が潜んでいることがあまりにも多かった。答え……本にはあらゆる答えが書いてあった。サトウダイコンのあらたな変種があらわれると、博学な専門家は物知り顔で「突然変異だ！」とのたまう。たしかにそういうこともあるだろう。だが——常にそうなのだろうか？ 側溝で夢を見て、奇妙な念力でぼんやりと創造の奇跡をくりひろげながら、ひっそりと生きている水晶はどう説明する？

ジーナはチャールズ・フォートを、いかなる答えでもそれが唯一の答えだと信じるのを拒んだ人物を敬愛していた。

彼女はまた時計を見てすすり泣いた。せめてわたしが知っていれば、彼を導くことができれば……どこかにわたしを導いてくれるものがあれば……。

ドアノブが回転した。ジーナは凍りつき、ノブに釘付けになった。なにか重たいものがドアにぶつかっていた。ノックはない。ドアの上部とドア枠の隙間が広がった。かんぬきが弾けて、ソーラムが飛びこんできた。

たるんだ灰緑色の顔とぶら下がった下唇が、小さく充血した目をいつにもまして引き下げているように見えた。ソーラムは半歩下がって背後のドアを勢いよく閉め、部屋を横切ってジーナのほうへ、巨大な腕をめいっぱい広げ、彼女のどんな動きも阻(はば)もうとするかのように近づいてきた。

ソーラムの存在はジーナに恐ろしい知らせを告げていた。彼女の居場所を知っているのは、カーニバルを目指してハイウェイに出る前に彼女をこのモーテルに残していったホーティーとバニーだけだ。そしてさっきまで、ソーラムは人喰いと一緒に移動中だったはずだ。

つまり——人喰いが戻ってきて、バニーかホーティーかその両方と接触し、最悪にも、ふたりがすすんで差し出すはずのない情報を引き出したということだ。

がっくりくるような諦めと深まる恐怖が猛烈な突風のようにジーナを襲い、彼女はソーラムを見上げた。「ソーラム——」

ソーラムの唇が動いた。見事に尖った歯の上で舌が動いた。彼が近づくと、ジーナは縮こまった。

すると彼はひざまずいた。ゆっくりとした動きでジーナの小さな足を手に取り、はっきりとした畏敬の念をこめて、身をかがめた。

ソーラムはこの上なくやさしく足の甲にくちづけして、涙を流した。足を放すとしゃがみこみ、音もたてずに身を震わせながら、ひたすらはげしくすすり泣きしはじめた。

「でも、ソーラム——」ジーナは呆然として言った。片手を差し出し、ソーラムの濡れた頬に触れた。彼はその手をいっそう強く押しつけた。ジーナはすっかり驚いて彼を見つめていた。かつて、よく不思議に思っていたものだった——このぞっとする顔の奥にある精神、静かな、物言わぬ宇宙に閉ざされた心のなかでは、いったいなにが起こっているのだろう、と。注意深いふたつの目から世界のすべてが流れこんできているのに、たったひとつの表情も、結論も、感情もあらわさないままで、と。

「どうしたの、ソーラム？」彼女はささやいた。「ホーティーは——」

ソーラムは顔を上げてすばやくうなずいた。ジーナは彼を見つめた。「ソーラム——聴こえるの？」

彼はためらっているようだった。それから自分の耳を指差し、首を横に振った。そしてすぐに額を指し、うなずいた。

「ああ、そんな……」ジーナは息を吐いた。カーニバルには何年にもわたって、あの〈ワニ革男〉はほんとうに耳が聴こえないのか、という無益な議論があった。たびたび起こる出来事から判断すれば、彼は聴こえているようにも、いないようにも見えた。人喰いは知っていて、ジーナには教えなかったようだ。ソーラムには——精神感応能力（テレパシー）があったのだ！　そう思い当たったとたんにジーナは赤くなった。カーニバルの連中は冗談半分で彼に侮辱の言葉を投げつけたりしていたし、さらに悪いことには、恐怖におののく反応をする客たちもいた。

「でも——なにがあったの？　ホーティーを見た？　バニーは？」

ソーラムの頭が縦に二度、揺れた。

「ふたりはどこにいるの？　無事なの？」

彼は親指でカーニバルのほうを示し、重々しく首を横に振った。

「ひ——人喰いにつかまったの？」

イエス。

「あの女の子も？」

イエス。

彼女はベッドから飛び降り、痛みはおかまいなしに大股でうろうろと歩き回った。

「わたしをつかまえるために人喰いに送り出されたの？」

イエス。

「じゃあどうしてわたしをさらって連れ戻さないの？」

答えはなかった。ソーラムはかすかに身じろぎした。「待ってよ。だって宝石を取ってこいと頼まれたときはそのとおりに……」とジーナは言った。

ソーラムは額を叩き、手を広げた。とつぜん彼女は悟った。「あのときは催眠術をかけられていたのね」

ソーラムはゆっくりと首を横に振った。

今までの彼は言われるがままにやっていたということを、ジーナは理解した。だが今回は違う。つまりなにかが起こって、ソーラムの心が変わったのだ。それも根本的に。

「ああ、あなたが話をできれば！」

彼は右手で何度もじれったそうに、横向きに円を描く動作をした。「そう、そうよね！」とジーナが声を上げた。足を引きずりながら、ささくれ立った書き物机に置かれたハンドバッグを取りにいった。ペンを取り出し、紙はなかったので小切手帳を出した。

「はい、ソーラム、急いで。教えて！」

ソーラムの大きな手がペンを包み、細長い紙を覆い隠した。彼が急いで書くあいだ、ジーナはもどかしそうに両手を握りしめた。ついにソーラムがそれを手渡した。手書き文字は優美で、もう少しで顕微鏡がいりそうなほど細かく、活字のように整然としていた。

彼は簡潔に書いていた。「Mは人間を憎む。おれもだ。彼ほどじゃないが。Mが助力を求めていたから、おれは助けた。Mはホーティーをほしがった、もっとたくさんの人間を痛めつけるために。おれにはどうでもよかった。それでも助けた。おれは人間に好かれたことがないから。

おれは人間だ、すこしは。ホーティーはぜんぜん人間じゃない。でもハバナが死ぬとき、キドーの歌を聴きたがった。ホーティーは心を読んだ。彼にはわかった。時間がないと。危険だと。ホーティーはわかっていた。ホーティーは自分のためには動かなかった。キドーの声を作った。ハバナに歌った。そのときにはもう遅かった。Mが来た。彼を捕まえた。ホーティーはハバナが安らかに死ねるように歌った。それはホーティーのためにならなかった。ホーティーはそうなるとわかっていたが、それでもやった。ホーティーは愛。Mは憎しみ。ホーティーはおれより人間だった。おれは恥ずかしい。ホーティーを作ったのはあなただ。だからあなたを助ける」

　読み進めるにつれ、ジーナの目はみるみる光をおびはじめた。「じゃあ、ハバナは死んだのね」

　ソーラムがジェスチャーをした。両手で頭を抱えてひねり、首を指差し、指を大きく鳴らした。カーニバルに向けて拳を振った。

「そう。人喰いが殺したの……歌のことはなぜわかったの？」

　ソーラムは額を叩いた。

「ああ。バニーと、あのケイという娘から知ったのね。彼らの心を読んで」

　ジーナはベッドに腰掛け、両の拳をぐっと頬に押しつけた。考えろ、考えろ……ああ、この異質な生物についての手がかりが、助言があれば！　人喰いは狂っている、人間ではない、間違いなく常軌（じょうき）を逸（いっ）した水晶体の産物で、そんな彼を止める方法がかならずあるはずだ。宝石と交信してどうすればいいか尋ねられさえすれば……彼らは知っているに違いない。〈仲介者〉が、人喰いが何年も探し続けていた通訳者がいさえすれば……。

仲介者！「わたしはなにも見えてなかったんだ、なんにも気づいていない馬鹿だった！」彼女はあえいだ。この年月、彼女の目的はただひとつ、ホーティーを水晶たちから遠ざけておくことだった。彼を水晶と関わらせてはいけなかった。もし関わったら、人喰いはホーティーを使って人類にたいする武器を作り上げてしまう。でもホーティーはまさにそんな存在だった。彼こそ人喰いが望んでいる存在そのもの、水晶たちと交信できる者だったのだ。作り出したものを破壊する方法を、水晶はきっと知っているはずだ！

でも水晶がそんなことを彼に教えるだろうか？

水晶はわざわざそんなことはしない、と即座に彼女は判断した。ホーティーが水晶の奇妙な精神構造を理解できればいいのであって、そうすれば手段はおのずとあきらかになるだろう。

彼に伝えられたら！　ホーティーは学ぶのは素早く、考えるのは遅い。直感像記憶は体系的思考の敵なのだ。いずれは彼も自力で気づくだろう――でもそのときには人喰いのなすがままの奴隷になっているかもしれない。わたしにはなにができるだろう？　メモを書く？　意識を失っていて読めないかもしれない！　自分が精神感応能力者（テレパス）だったら……テレパス！

「ソーラム」彼女は切羽（せっぱ）詰まって言った、「あなたは――話せるの？　ここで（彼女は自分の額を指した）聞くのと同じように」

ソーラムは首を横に振った。だがすぐに自分が書いた小切手帳を取り上げ、単語を指差した。

「ホーティー。ホーティーになら話しかけられるの？」

彼はまた首を振り、額からなにかが出ていくようなしぐさをした。「そうか」とジーナは言った。「こちらから放射することはできなくても、ホーティーがやろうと思えば読み取れるのね」ソーラムは熱心にうなずいた。

「すごい！」と彼女は言った。深く息を吸った——自分のやるべきことがついにはっきりした。でもその代償は……そんなことは問題ではなかった。問題であるはずがなかった。

「わたしをあそこに連れ戻して、ソーラム。わたしを捕まえたことにして。わたしは怯えて、怒っている。あなたはホーティーのところに行って、ただひとつのことを考えてほしいの。彼のところへ行って強く考えて。こうよ——水晶に、夢の産物を殺す方法を尋ねろ。水晶から引き出せ。わかった、ソーラム？」

その壁は何年も前に築かれていた——あの夜、寝台で眠っていた自分を起こした有無を言わせぬ呼び声が、じつは自分ではなくジーナに向けられたものだったという、とても単純な結論にホーティーが達したときに。われ思う、ゆえにわれあり。その壁は、いちど築かれると何年も手付かずのままだったが、それも催眠にかかったバニーの精神を探ってみるようジーナに提案されるまでだった。壁はそのとき崩れ、いまなお崩れたままだった——彼はあらたな感覚をつかってケイが囚われているトレーラーを見つけ出し、ハバナの死に際の願いの本質を探し出した。ホーティーの繊細な精神がそんなふうに開かれていて無防備だったところに人喰いがやってきて、鍛え抜かれた凶暴な憎しみの槍を浴びせたのだった。ホーティーは燃えるような激痛で倒れた。

言葉の通常の意味において、ホーティーは完全に意識を失っていた。ホーティーは見なかった——気を失いそうになったケイをソーラムが捕まえて長い腕で抱え、もう片手をさっと伸ばしてふくよかな顔の心優しいバニーを持ち上げ、ぶら下がったバニーが暴れて唾を吐いたのを。彼は覚えていなかった——自分がモネートルの大きなトレーラーに運ばれたのも、その数分後に動揺し怒れるアーマンド・ブルーイットがよろめきながらあらわれたのも。彼は気づかなかった——取り乱したバニーにモネートルがすぐに催眠をかけたのも、バニーが落ち着いた抑揚のない声でジーナの居場所を明かしたのも、モネートルがひび割れたような声で、モーテルにいるジーナを連れ戻してこいとソーラムに命令したのも。モネートルがアーマンド・ブルーイットにぶっきらぼうに命令したのも聞こえていなかった——「あんたとその娘にはもう用がなくなった。邪魔だから下がっていろ」。ケイがとつぜんドアに駆け寄り、アーマンド・ブルーイットが容赦なく彼女を殴りつけてまた部屋の隅に追いやって「おれはおまえに用があるんだよお嬢さん、おれの目を盗めると思うなよ」とどなったところも、ホーティーは見なかった。

だが、ふだんの世界が遮断されたことで、もうひとつの世界があらわれた。おかしなことではなかった、なぜならその世界はもう一方の世界と同じ場所にずっとあったのだから。ホーティーにそれが見えるようになったのは、ひとえに一方の世界が取り去られたからだった。

そこに無意識の完全な闇を和らげるものはなにひとつなかった。そのなかにいて、ホーティーは驚きも感じず、好奇心もまったく抱かなかった。そこには明滅するいくつかの印象と感覚があった——抽象的思考が完成するときの歓びがあり、ひとつの複雑性がべつの複雑性に近づくときの興奮があり、遠くの開かれた構造へのわき目もふらない集中があった。彼は個体の存在をとても強く感じた。個々のあいだにつながりはなく、まれにひとつがもうひとつに接近することがあるだけだった。また、どこかずっと遠くで、溶け合ったペアが例外として存在していることもわかった。だが彼らにとってここはおのずから発展する独立体たちの世界であり、それぞれが個々の嗜好にしたがって豊かに展開していた。そこには永続の感覚があり、一生はあまりに長いので死はなにかの要因にはなりえず、美的な終結点でしかなかった。ここには飢えも探求も、協働も恐怖もなく、そうした概念はこの世界の生活基盤とはまったく無関係だった。もとよりホーティーは、自分を取り巻く環境を受け入れ、信じるように訓練されていたから、いっさい探求も比較もせず、好奇心を刺激されたり混乱したりすることもなかった。

やがて彼は、自分を攻撃していた力が今度はためらいがちに接近してくるのを感じた。それは槍というより、いまや突き棒のようだった。彼はそれをたやすくはねつけたが、うっとうしさに対処するため、意識を回復するほうへと動き出した。

目を開けると、ピエール・モネートルの目がじっと覗きこんでいた。モネートルは正面の机の奥に座っていた。ホーティーは手足を投げ出して安楽椅子に背を預け、頭を高い背もたれと耳の部分にもたれさせていた。人喰いはなにも放射していなかった。ただ見つめ、待っていた。

ホーティーは目を閉じ、ため息をついて、目を覚ましたときにやるように顎を動かした。

「ホーティー」人喰いの声はやわらかく、親しげだった。「いい子だ。わたしはこの瞬間を長らく待っていたんだよ。わたしたちふたりにとっての大いなる事業のはじまりだ」

ホーティーはまた目を開いてあたりを見回した。ブルーイットは立ってこちらをにらみつけ、震えるほどの恐怖と怒りが入り混じった顔をしていた。ケイ・ハローウェルは入り口と反対側の片隅の床で縮こまっていた。バニーはそのそばにしゃがみこみ、ケイの前腕を力なくつかんで、うつろな目で部屋を見ていた。

「ホーティー」人喰いはしつこく言った。ホーティーはまた相手の目を見た。人喰いが催眠の力をふるったが、彼はたやすくはねのけた。やわらかい声がなだめすかすようにつづいた。「おまえはついに帰ってきたんだよ、ホーティー――ほんとうの家に。わたしはおまえを助けたい。ここがおまえの場所なんだ。おまえのことはよくわかっている。おまえの望んでいることも知っている。おまえを幸せにしてやれる。おまえに偉大さの真髄を教えてやろう、ホーティー。おまえを守ってやろう、ホーティー。そしておまえはわたしを助けるんだよ」人喰いは微笑んだ。「どうだね、ホーティー?」

「くたばれ」ホーティーは簡潔に言った。

反応は速かった――剃刀（かみそり）の刃先か針の先端のように研ぎ澄まされた、凶暴な憎しみの稲妻。ホーティーはそれをはねつけ、待った。

人喰いは目をほそめ、眉を釣り上げた。「思ったよりも頑丈なようだ。よろしい。強くいてもらわなければ。わたしと働くことになるんだからな」

ホーティーはきっぱりと頭を振った。ふたたび、みたび、人喰いは念力で不規則に彼を打った。もしホーティーの防御がフェンシングの剣やボクシンググローブのようにカウンター的なものだったら、人喰いの攻撃もそれをすり抜けられれただろう。だがそれは壁だった。

人喰いは椅子の背によりかかり、意識的に緊張を解いた。彼の武器はどうやらかなりのエネルギーを消費するようだった。「いいだろう」と人喰いは満足そうに言った。「少し鈍くさせてやろう」指で机をこつこつと叩いた。

長い時間が経った。呼吸は難しくなかったし、苦労はしたが頭も動かせた。だが手足は鉛のように重く、無感覚になっていた。首筋へのかすかな痛みと、解剖学への深い知識から判断して、手ぎわよく脊髄注射を打たれていたことがわかった。

ケイはかすかに身じろぎしたが、黙っていた。バニーはケイを見てまた目を背け、その愛らしい丸顔に、依然としてうつろな表情をぽかんとうかべていた。ブルーイットは不快そうに揺れていた。

だれかが肘でドアを開けた。ソーラムがジーナを抱えて入ってきた。彼女はぐったりしていた。ホーティーはやっきになって動こうとしたが、むだだった。人喰いは愛想良く笑い、頭を振る仕草をして「残りのくずどもといっしょに隅に置いておけ」と言った。「利用できるかもしれん。彼女をちょっと傷つけたら、われわれの友人も少しは協力的になるんじゃないか？」

ソーラムは残忍な笑みを浮かべた。

「もちろん」人喰いは考え深げに言った。「彼女はそこまで大きくないからな。慎重にやらねばならん。いちどに少しずつだ」無造作な口調とは裏腹に、その目はホーティーの表情のあらゆる動きを見ていた。「ソーラム、わが友よ、かわいいホーティーはちょっと警戒しすぎのようだ。軽く揺さぶってやってもいいかもな。手刀で彼の首の横、ちょうど頭蓋骨の基部を打ってやれ。前に教えたただろう。さあ」

ソーラムが大股でホーティーに近づいた。片手をホーティーの肩に置き、もう片方で慎重に狙いを定めた。肩に置いた手がわずかに、何度も、くりかえし絞られた。ソーラムの燃えるような目がホーティーの目を見下ろした。ホーティーは人喰いを見つめた。決定的な一撃はそちらから来ると分かっていたから。

ソーラムの手が振り下ろされた。ホーティーが首を打たれた直後、モネートルの精神の稲妻が彼の防壁に激突した。ホーティーはかすかに驚いた——ソーラムが手加減している。ホーティーはさっと見上げた。ソーラムは人喰いに背を向け、額に触れてそわそわと唇を動かした。ホーティーはこれを頭から振り払った。よけいな違和感にかかずらっているひまはない……ジーナが泣いているのが聞こえた。

「邪魔だ、ソーラム！」ソーラムはしぶしぶ動いた。「あとでまた殴らせてやる」と人喰いは言い、ホーティーの目の前で引き出しを開け、ふたつのものを取り出した。「ホーティー、これがなにかわかるな？」

　ホーティーはうめいてうなずいた。ジャンキーの目だ。人喰いがくすくす笑った。

「これを砕いたら、お前は死ぬ。そのことは知っているな？」

「そうなればあんまりあんたの力にはなれなくなるよな、違う？」

「その通り。ただこれが手元にあると知ってほしくてね」彼は仰々しい手つきで小さなアルコールランプに点火した。「粉々にする必要はないんだ。単独の水晶の産物でも、火には見事に反応する。おまえの反応は二倍増しだろう」急に声音が変わった。「ああ、ホーティー、わたしの大事な、いとしい子よ――わたしにこんな遊びをさせないでくれ」

「いいからやれよ」ホーティーは歯を食いしばった。

「もう一回殴れ、ソーラム」今度はひび割れた声で言った。

　ソーラムが襲いかかった。ホーティーがちらっと見ると、アーマンドが貪欲な顔で、湿った唇をぺろっと舐めていた。今度の一撃はさっきより重かったが、それでも予期していたより驚くほど弱かった――さらに言えば、見た目よりも弱かった。ホーティーはその衝撃で頭をひねり、目を閉じてへたりこんだ。人喰いは衝撃波をあたえなかった。ホーティーに対抗手段を使い果たさせ、自分の武器を温存しようとしているらしかった。

「強すぎるぞ、馬鹿者！」

部屋の隅からケイの苦しげな声が漏れた、「やめて、もうやめて……」

「おやおや」人喰いの椅子が軋みながら回転した。「ミス・ハローウェル！　この若者はあなたのためにどこまでやってくれるでしょうね？　彼女をこっちに連れてこい、ブルーイット」

判事は従った。横目で見ながら、「わたしにも残しておいてくださいよ、ピエール」と言った。

「おまえの指図は受けない！」人喰いはぴしゃりと言った。

「わかりました、わかりましたよ」判事は怯んで言うと、もといた隅にひっこんだ。

ケイは机の前でまっすぐ立っていたが、震えていた。「警察に申し開きすることになりますよ」怒りに燃えてそう言った。

「警察の相手は判事がするでしょう。座りなさい、お嬢さん」ケイが動かなかったので、人喰いはどなった。「すわれ！」彼女は息を呑んで長机の端の椅子に座った。彼は手を伸ばしてケイの手首をつかみ、引き寄せた。「判事によれば、あんたは指を切り落とすのが好きらしいな」

「なんの話をしているのか、わ、わからない。放して――」

その間、ソーラムはホーティーの脇で両膝をつき、ホーティーの頭を回し、頰を叩いた。ホーティーは辛抱強くなすがままになっていたが、意識ははっきりしていた。ケイが叫んだ。

「じつに賑やかなカーニバルじゃないか、ここは」人喰いはにっこりした。「叫んでも無駄だよ、ミス・ハローウェル」彼は引き出しからずっしりした植木ばさみを取り出した。ケイはまた叫んだ。人喰いはそれを置くとアルコールランプを持ち上げ、目の前できらめく水晶にさっと火をかすめさせた。驚くべき幸運が――あるいはひょっとしたら幸運よりもっと微妙ななにかが到来したのか、ホーティーはまさにその瞬間を、まつげの向こうにちらっと見た。青い炎が宝石に触れた瞬間、彼は頭をそらし、顔をゆがませた――。

あえてやったことだった。ホーティーはなにも感じていなかった。

ホーティーはジーナを見た。彼女の顔はこわばっていて、そこから魂のすべてが流れ出し、彼になにかを伝えようとしているようだった……。

ホーティーはそれに心を開いた。人喰いは彼が目を開けるのを見て、またあの恐ろしい念力波を放射した。ホーティーはそれにぎりぎりで応じて心を勢いよく閉じたが、衝撃の一部が入りこみ、彼を芯から揺さぶった。

ホーティーはこのとき初めて、自分に欠落した部分があること、すべてを自力で解決しようとしてそのたびに失敗してきたことに、はっきりと気づいた。絶望しながら必死で考えた。ジーナがなにかを伝えようとしている。ほんの一瞬でも彼女から聞くことができたら……だがあともう一度でも最初のと同じくらい強烈な一撃を受けたら、気を失ってしまうだろう。ほかにも気になることがあった、気になるのは——ソーラムだ！合図を送るように肩に置かれた手、口にされないなにかであふれた熱っぽい視線……。

「殴れ、ソーラム」人喰いは植木ばさみを取り上げた。ケイがまた叫んだ。

ソーラムがふたたび身を乗り出し、手をホーティーの肩に、ひそかに、訴えるように置いた。ホーティーは緑の男を視界いっぱいにとらえ、そこから流れ出ているメッセージを受け入れた。

水晶に尋ねろ。夢の産物を殺す方法を水晶に尋ねろ。水晶から引き出せ。

「ソーラム、なにをためらっている？」

ケイは何度も叫びつづけた。ホーティーは目と心を閉じた。水晶……テーブルにあるやつじゃない。そう——つまり——すべての水晶だ。彼らの居場所は——居場所は——。

ソーラムの頑丈な手が首を打った。ホーティーはその打撃に追いやられるままに深みへと、構造的で明滅する感覚に満ちた光のない場所へと、どんどん降りていった。そこに留まると精神を猛然と駆り立て、探し求めた。水晶は彼を完全に、堂々と無視した。だが防壁（ぼうへき）があるわけでもなかった。必要なものはそこにあって、あとは理解しさえすればよかった。彼は助けられもしないが、邪魔されもしないだろう。

　ホーティーはついに、水晶の世界が普通の世界と比べてとくべつ難解ではないことを認識した。それはたんに——違うものなのだ。これらの独立した抽象的な自我こそが水晶そのものであり、彼らは自分たちの嗜好にしたがって、こちらとはまったく異質な生活を営み、人間にははかりしれない論理と価値観で思考していた。

　固定観念の制約を受けないホーティーは、その営みのいくらかを理解できた——とはいえ、がっちりと人間の鋳型（いがた）にあわせて鍛えられていたために、この想像を超えたものたちに完全に溶けこむことはできなかったが。ホーティーはほぼ一瞬で理解した——水晶が夢を見るというモネートルの理論が、原子核には衛星のように循環する電子があるという簡便な理論のように、正しくもあり間違ってもいたことを。水晶の理論は、いざ動いているところを見てみると単純なものだった。生物の製造は目的のある機能だったが、その目的は人間の言語ではけっして説明できないものだった。彼にわかってきたのは、水晶にとってその機能はほぼ完全に取るに足らないものだということだった。彼らはたしかに生物を作り出すが、彼らにとってその行為は、人間にとっての虫垂（ちゅうすい）くらいにしか役立っていなかった。水晶にとって、自分たちが生み出した生物の運命はどうでもいいことだった——人間が、自分で吐き出した二酸化炭素の分子ひとつのゆくえを気にしないのと同じだ。

にもかかわらず、創造がおこなわれる機構はそこ、ホーティーの目の前にあった。その目的は彼の理解を超えていたが、作用を捉えることはできた。彼は対象をひと呑みにする直感像の精神で注視し、学んだ……ある事実を。ふたつのことを。ひとつはジャンキーの目にかかわっていて、もうひとつは——。

これからすべきことだった。それは転がっている大岩を、その進路に転がしたもうひとつの岩で止めるようなものだった。動いているモーターの部品を外して電気を止めるようなもの、走っている馬の後ろ足の腱を切るようなものだった。精神がとてつもない労力をかけて、特殊な生命に独特な「ストップ！」を告げることだった。

それを理解するとホーティーは引き上げたが、奇妙な自我たちは彼のことに気づかなかったか、あるいは無視した。ホーティーは光を迎え入れた。浮上すると、はじめて心の底から驚いた。首はソーラムの殴打を受けて突っ張っているところで、ソーラムの手はまだ跳ね上がっていた。ホーティーが潜ったときにはじまった叫び声は、浮かび上がったときにはせわしない息づかいになって途切れるところだった。バニーはまだ麻薬でぼうっとしたようにゆっくりまばたきしながら目を見張っていて、ジーナはうずくまったまま、つんとした顔立ちに、あいかわらず緊張した、痛々しい表情をうかべていた。

人喰いが稲妻を発した。ホーティーはそれを横にあしらい、大笑いした。

ピエール・モネートルは立ち上がり、激しい怒りで顔をどす黒くさせた。彼はケイの手首を離した。ケイはドアに駆け寄ったが、アーマンド・ブルーイットが行く手を阻んだ。彼女は身をすくませ、ジーナのいる隅に行ってへたりこみ、すすり泣いた。

なにをすべきか、ホーティーにはもうわかっていた。学び取ったことがあったのだ。胸の内で確かめて、それが簡単にできることではないのをすぐに悟った。精神力を集中させ、塊にして、狙い、撃たなくてはならない。彼は精神を内側に向け、取りかかった。

「わたしを笑うべきじゃなかったな」人喰いがしゃがれた声で言った。ふたつの宝石を指で引き寄せて灰皿に投げ入れ、ランプを持ち上げ、慎重に火力を調整した。

ホーティーは精神を集中させていたが、心の一部はその作業をまぬかれていた。その心の片隅で考えていた――水晶が生み出した生物は殺せる。そう、人喰いをだ。しかし――これからしようとしていることはたいへんなことだ。ほかの者も殺すことになるかもしれない……ほかの者とは？　猫のモペット？　双頭の蛇？　ゴーゴリ？　ソ、ソーラム？

ソーラム、醜い、もの言わぬ、囚われのソーラム。彼は最後の最後に人喰いに背を向け、ホーティーを助けた。ジーナのメッセージを運んだことが、自分自身への死刑宣告になってしまうとは。

見上げると、緑色の男は後ずさりしながら狂おしそうに、燃えるような目をあのメッセージでいっぱいにしていた。ホーティーがすでにそれを読み、そのメッセージに従って動いているのには気づいていなかった。かわいそうな、罠にはまった、傷ついた怪物……。

だがそのメッセージはジーナからのものだった。ジーナはこれまでもずっとホーティーの調停者であり案内人だった。これが彼女からの伝言だということは、彼女がその行為に支払わなければならない代償をよく考え、そのうえで決断したことを意味している。これでいいんだろう。ソーラムは、なにかはかりしれないやりかたで、生涯で得られなかった平穏を享受することができるんだろう。

不思議な力がホーティーのなかで高まり、自在に変形する代謝作用が精神の武器庫に集中した。麻薬の効果のような活力が、両手と両脚のふくらはぎから流れこんできた。

「くすぐったいか?」人喰いが吠えた。きらめく宝石に火をすべらせた。ホーティーは座ったまま身をこわばらせて待っていた。どんどん増していくこの圧力は制御不能で、圧力が決定的な域に達したら、おのずと放たれるだろう。彼は視線を、怒りに燃えて紫がかっている顔に注ぎ続けた。

「思うんだよ」と人喰いは言った。「ふたつの水晶がおまえを作りはじめたとき、どっちがどこを担当したのだろうかとね」彼は炎を医療用メスのように下ろし、さっと水晶のひとつに触れさせた。「さてここは――」

そのときだった。ホーティー自身にも予期できなかった。水晶たちから会得したそれが、彼の内側で炸裂した。音はなかった。青く強烈な閃光がほとばしったが、光ったのは彼の頭のなかだけだった。それが止むと、ホーティーにはまったくなにも見えなくなった。喉を締めつけられたような叫び声と、だれかが倒れる音が聞こえた。ついで膝、腰、頭の順でゆっくりと、べつの身体が倒れた。ホーティーは苦痛に屈したが、それは彼の精神、内面が、風に煽られた山火事の焼け跡のようにむきだしで、焼け焦げてくすぶり、熱い炎が点々と残っていたからだった。

闇が精神をゆっくりと覆いはじめたが、苦痛はところどころでしぶとくちらついていた。視界がはっきりとしはじめた。ホーティーは疲れ切り、後ろにのけぞった。

ソーラムがそばに倒れていた。ケイ・ハローウェルは壁を背にして座りこみ、両手で顔を覆っていた。ジーナはケイによりかかり、目を閉じていた。バニーはまだ床にへたりこんだまま目を見張り、かすかに揺れていた。ドアのそばでアーマンド・ブルーイットが伸びていた。愚か者がコルセットをしたヴィクトリア朝時代人のように気絶している、とホーティーは思った。それから机を見た。

真っ青になって揺れてはいたが、人喰いは直立していた。「間違いを犯したようだな」ホーティーは相手をぼんやりと見つめるばかりだった。人喰いは言った、「おまえの才能をもってすれば水晶人（クリスタライン）と人間の区別はつくものと思っていた」

そんなこと考えてみようともしなかった、と彼は声に出さずに叫んだ。ぼくは疑うことをいつか学ぶのだろうか？　ジーナがずっとぼくの代わりに疑ってくれていたんだ！

「お前にはがっかりした。わたしもつねづねその難題に直面してきたものだ。平均点はわたしのほうがはるかに高いようだがな。十回やって八回当たるといったところだ。まあしかし、それには驚いたと認めよう」人喰いは親指でひょいとアーマンド・ブルーイットを示した。「やれやれ。またもやカーニバル会場内での心臓発作か。死んだ水晶人の見た目は死んだ人間とまったく同じなんだ。区別のコツを知っていれば話は別だが」声音をぞっとするほど変化させて彼は言った、「わたしを殺そうとしたな……」そしてゆらゆらとホーティーのいる椅子まで近づき、ソーラムを見下ろした。「ソーラム抜きでうまくやっていく方法を学ばねばならん。困ったものだ。じつに便利なやつだった」人喰いはソーラムの長い身体を何気なく蹴っていたが、とつぜん向き直るとホーティーの口元を強烈にひっぱたき、「おまえはあいつの二倍働くんだ、喜べ！」と叫んだ。「いずれ、わたしがささやいただけでもショックで飛び上がるようになるだろう！」彼は手を擦（こす）り合わせた。

「ああ、ああ……」

ケイの声だった。彼女はわずかに移動していた。ジーナの頭がケイの膝の上にずり落ちていた。ケイはジーナの小さな手首を擦って温めていた。

「無駄だよ」人喰いはこともなげに言った。「もう死んでいる」

ホーティーの指先、なかでも伸びはじめている左手の傷跡がひりつきだした。もう死んでいる。もう死んでいる。

人喰いは机にあった水晶のひとつを持ち上げて落とし、ジーナに目をやった。「小さくて愛らしいやつだった。裏切り者の蛇ではあったが、それでもかわいい。彼女を作った水晶がなにをモデルにしたのか知りたいものだな。だがこんな見事な仕事も、これからはいくらでも見られるだろう」彼は手を擦り合わせた。「これからのわたしたちを待ち受けるものに比べたら大したことはない、そうだろう、ホーティー?」彼は腰を下ろし、水晶たちをもてあそんだ。「リラックスしろ、ホーティー、リラックスだ。とんでもない一撃だったじゃないか。あんな小技のひとつも学びたいものだな。わたしにもできると思うか?……おまえの領分かもしれんな、これは。かなり消耗もするようだ」

ホーティーは身動きせずに筋肉を緊張させた。疲れ切った身体に力が染み渡ってきたが、それもたいして役には立たなかった。たとえいつもの二倍の力があっても、麻酔薬は彼を拘束したままだろう。

もう死んでいる。ホーティーがそう言うとき、彼はジーナのことを言っていた。ジーナはずっと、ほんとうの、生きている、普通の人間になりたがっていた……たしかに奇人たちならだれもが思うことではあったが、ジーナにはそれ以上にとくべつな思いがあった、なぜなら彼女は、ほんのすこしも人間ではなかったのだから。だからこそ彼女はホーティーに心を読ませようとしなかった。だれにも知られたくなかったのだ。ほんとうに人間になりたがっていた。でもわかっていた。ソーラムをつうじてホーティーにメッセージを送った彼女は、きっとわかっていたのだ。こうなれば自分も死ぬことを。彼女は――この世に生まれたどんな人間の女性よりも人間的だった。

動かなければ、と彼は思った。

「おまえはそこに座ったまま飲まず食わずで腐っていくんだ」人喰いは愉快そうに言った。「あるいはわたしをその強情な頭のなかに入らせるくらい弱るまでな。そうすれば、主体性を保てるのではないかというおまえの馬鹿げた考えをすべて吹き飛ばしてやれる。おまえは完全にわたしのものになるのだ」彼はふたつの水晶をいとおしそうにもてあそんだ。「そこにいろ！」ケイ・ハローウェルに向き直って人喰いはどなった。ちょうど立ちあがろうとしていた彼女はびくっとして気が挫け、またへたりこんだ。モネートルは立ち上がり、歩いていって彼女の前に立ちはだかった。「さて、あんたをどうしようか。ふむ」

ホーティーは目を閉じ、次第に満ち満ちてくるエネルギーを総動員して考えた。モネートルが使った薬はなんだ？　麻酔薬の一種には違いない――ベンゾカイン、モノカイン……嘔吐感の最初の兆候であるめまいを感じた。まさにこのような効果を生み出し、まさにこんな毒性を発揮する薬品とはなにか？　彼は頭のなかで、薬物事典のページをぱらぱらとめくって見ていた。

考えろ！

これと同じ効果を及ぼす薬品は一ダースある。だがモネートルは自分の要求にぴったり応えるものを選んだはずだ──そして彼の要求は、動きを奪うことだけではなかった。同時に精神を活性化させたかったはずだ。

わかった！　あの定番の──塩酸コカインだ。その解毒薬は……エピネフリン。

つぎは薬局開業だ、彼は険しい顔で考えた。エピネフリン……。

アドレナリン！　じゅうぶん代用できる──それにこの状況なら供給はたやすい。目を開いて人喰いを見るだけでいい。ホーティーの唇がねじ曲がった。めまいが消えた。心臓が強く打ちはじめた。彼はそれを抑制した。身体が全力の状態になるのを感じた。足はひりつきだし、耐え難いほどだった。

「あんたも心不全にしてやろうか」人喰いは憂いをこめてケイに言った。「少量のクラーレで……いや。今日は判事でじゅうぶんだな」

モネートルの背中を見ながら、ホーティーは両手を曲げ伸ばしさせ、肘を脇腹に、胸筋がきしみだすほど押しつけた。二度、立ち上がろうとした。もう少しで倒れそうになったが、自由と憎悪が結びついて、身体に力が戻るのを加速させた。彼は立ち上がり、両手を握りしめ、息の音を立てないようにした。

「とにかく、あんたはどうにか始末することにしよう」怯える娘に肩越しに語りかけながら、人喰いは机に戻った。「すぐに――うっ！」気づくと目の前にホーティーがいた。

人喰いの手がそろそろと伸び、宝石をしっかりとつかんだ。「あと一センチでも近づいてみろ」としゃがれ声で言った。「そしたら砕くぞ。とたんに袋詰めの腐ったジャガイモみたいにどさりだ。いいか、動くなよ」

「ジーナはほんとに死んだのか？」

「完全にな。残念だよ。あまりにあっけなかったことがね。もっと芸術的に殺されてしかるべきだった。うごくなよ！」彼はふたつの水晶を、胡桃（くるみ）を砕こうとするかのように片手で持った。「下がって、座ってくつろいだほうがいいぞ」ふたりの目が合い、じっと見つめ合った。一度、二度、人喰いはホーティーに刺々（とげとげ）しい憎悪を放った。ホーティーはひるまなかった。「すばらしい防御力だ」人喰いは称えた。「いいから下がってすわれ！」水晶を握る指の力を強めた。

「ぼくは人間の殺しかたも知ってるんだよ」とホーティーは言い、前進した。

人喰いはあわてて後ずさった。ホーティーは机を回りこんで近づいた。「自業自得だ！」と人喰いはあえぎ、骨張った手を握りしめた。ちりん、とかすかに砕ける音がした。

「これはハバナ式だ」ホーティーはかすれた声で言った。「友達の名前にちなんでね」

人喰いは壁に背をつけ、目を丸くして真っ青になっていた。手のなかの、ひとつの無傷の水晶をぎょろりと見つめ——まさに胡桃のように、ふたつが押しつぶされて砕けたのはひとつだけだった——鳥のような叫び声を上げるとそれを落とし、足で踏みつけた。ホーティーは両手を人喰いの頭に添えた。ひねった。ふたりはそろって倒れた。ホーティーは両脚で人喰いの胸をはさみ、また頭をつかんで、もう一度全力でひねった。五百グラムほどのスパゲッティの乾麺がまっぷたつに割れるような音がして、人喰いはどさりと床に落ちた。

暗闇がホーティーの周りに、投げられたリボンのように降り注いだ。ぐったりと動かなくなった相手の身体から這って逃れると、顔をバニーの顔にぶつけそうになった。バニーはうつむき、視線はホーティーを通りすぎていたが、もう虚空を見つめてはいなかった。唇がめくれ上がって歯が見えていた。首は弓なりになり、腱がはっきりと浮き出ていた。やさしいバニー……彼女は死んだ人喰いを見て、笑っていた。

ホーティーは横になって動かなかった。疲れて、へとへとだった……息をするだけでもきつすぎるほどだった。顎を上げて空気が喉を通りやすいようにした。この枕はとても柔らかくて、とても温かい……羽毛のような髪の毛が、仰向けになった彼の顔に触れ、閉じたまぶたをそっと撫でた。それは枕ではなく、彼の頭の下に回されていたふっくらした腕だった。いい香りのする息を唇に感じた。彼女はいま、大きくなっていた。普通の人間の娘になっていた、彼女がずっとなりたいと思っていたような姿だ。彼はその唇に口づけした。「ジー。大きなジー」とつぶやいた。

「ケイ。ケイよ、ホーティー、かわいそうな、勇敢なホーティー……」

ホーティーは目を開けて彼女を見上げた。彼の目は一瞬子供のようになって、倦怠と驚きに満たされた。「ジー？」

「だいじょうぶ。もうなにも心配ないから」彼女はなだめるように言った。「わたしはケイ・ハローウェル。だいじょうぶよ」

「ケイ」彼は身を起こした。そこでアーマンド・ブルーイットが死んでいた。人喰いが死んでいた。そしてそこには――そこには――ホーティーはかすれた声を出してよろよろと、おぼつかない足取りで立ち上がった。壁際に駆け寄ってジーナを抱え上げ、そっとテーブルの上に横たえた。机上には余白がたっぷりあった……ホーティーは彼女の髪にキスをした。彼女の両手を取ってあわせ、彼女の名前を静かに二度告げた、まるでどこか近くに隠れて自分をからかっている彼女に呼びかけるように。

「ホーティー――」

彼は動かなかった。ケイに背を向けたまま、かすれた声で「ケイ――バニーはどこへ？」と言った。

「ハバナのそばに行ったわ。ホーティー——」

「しばらく彼女といてやってくれ。さ、行って……」

ためらっていたが、立ち去るとき、彼女は走った。

ホーティーは悲嘆の声を聞いたが、耳で聞いたのではなかった。それは頭のなかに響いてきた。顔を上げると、ソーラムがそこに黙って立っていた。ホーティーの頭のなかで、また嘆く声がした。

「きみは死んだのかと思ってた」ホーティーは息を呑んだ。

あんたこそ死んだと思っていた、と、沈黙の、驚きのこもった返答があった。**人喰いがあんたの宝石を砕いただろう。**

「水晶はぼくを仕上げていたんだ。仕上げてから何年も経っていた。ぼくは成熟していた……完了していた……完成していたんだ、それも十一歳のときに。きみがぼくに——水晶に話しかけろと伝えた、まさにそのときに気づいたんだよ。ぼくはそれを知らなかった。ジーナも知らなかった。彼女は何年間も……ああ、ジー、ジー！」ホーティーはしばらくして顔を上げ、緑色の男を見た。「きみは？」

おれは水晶人じゃないんだ、ホーティー。人間だ。たまたま受容型のテレパスだった

んだ。おれのいちばん感じやすいところめがけてひどい一撃を食らわせただろう。おまえと人喰いが死んだと思ったのも無理はない。おれ自身でさえあのときはそう思った。でもジーナは――。

ふたりは小さなよじれた身体の前に立ち、それぞれの思いに沈んだ。

しばらくしてふたりは話した。

「判事はどうしよう？」

もう暗い。敷地内の通路のそばに置いていくよ。心不全ってことになるだろう。

「人喰いは？」

沼地へ。真夜中過ぎにやるよ。

「大助かりだよ、ソーラム。ぼくはなんていうか――混乱してる。きみがいなかったら、ずっとそのままだった」

おれに感謝しなくていい。こんなことを思いつける人間じゃないんだ。彼女だよ。ジーナだ。おれがすべきことも、すべて彼女が教えてくれた。なにが起こるか知っていたんだ。おれが人間だということも知っていた。なにもかも知っていた。すべてのことをやってのけた。

「そうだ。そうだね、ソーラム……あの娘はどうする？　ケイは？」

ああ。そっちはわからない。

「働いていたところに戻るのがいいと思う。エルトンヴィルに。なにもかも忘れてくれたらいいんだけど」

忘れられるさ。

「彼女は――ああ、そうだね。ぼくがやればいいんだ。ソーラム、彼女は――」

わかってる。わかってる。彼女はおまえを好きなんだ、人間であるおまえを。おまえを人間だと思ってる。この事態を、なにも理解できないだろう。

「うん。ぼくは――できれば……いやいい。だめだ。彼女はぼくの――同類じゃない。ソーラム――ジーナは……ぼくを愛していたんだ」

そうだな。うん、そうだ……だったらおまえはどうするんだ？

「ぼく？　わからない。ここを去るのがいいんだろう。どこかでギターを弾いて暮らすよ」

彼女がしてほしいことはなんだろうな？

「ぼくは――」

人喰いはたくさんの害をなした。ジーナはそれを止めたいと思っていた。そしていま、たしかに止まった。でもおれは、彼女がやつの悪事を正してほしいと思っているんじゃないか、という気がするんだ。巡業ルートのあちこちにあるんだよ、ホーティー――ケンタッキーには炭疽（たんそ）、ウィスコンシンじゅうの放牧地には有毒のオオカミナスビ、アリゾナには毒蛇のパフアダー、アレゲニー山脈にはポリオとロッキー山熱。あまつさえ、やつはあの忌々しい水晶を使ってフロリダにツェツェバエを放ったんだ！　そのうちいくつかの場所はおれにもわかるが、おまえならその残りも見つけられるだろうし、人喰いよりもはるかにうまくできるだろう。

「なんてことだ……変異していくだろう、疫病も、毒蛇も……」

それなら？

「ぼくはだれのもとで働けばいい？　だれがカーニバルを――ソーラム！　なんで人喰いをそんなふうに見つめるんだ？　なにを考えてる？　きみは――きみはぼくに――」

それなら？

「ぼくの背は人喰いより七センチ低いだけだ……長い手……細い顔……そりゃそうだね、ソーラム。ぼくがしばらく彼を演じればいいんだ――すくなくとも『ピエール・モネートル』が『サム・ホートン』にカーニバルの運営をまかせる段取りをして、引退するまでは。ソーラム、すごい思いつきだよ」

いいや。おまえが自力で思いつかなかったら、おまえに提案するようにジーナに言われたんだ。

「彼女が――ああ、ジー、ジー……ソーラム、きみさえよければ、しばらくひとりになりたいんだ」

わかってる。おれはここから死体を出すよ。まずはブルーイットだ。救急テントに運びこんでおけばいいだろう。ソーラムになにか尋ねようなんてやつはいないんだ。

ホーティーはジーナの髪を一度だけ撫でた。彼の視線はトレーラーをさまよい、人喰いの死体に止まった。彼はふいにそこまで歩いて行き、死体をひっくり返してうつぶせにして、「じろじろ見られたくないからな……」とつぶやいた。

彼はジーナの遺体が横たわる机のそばに座った。椅子を引き寄せ、組んだ腕に頬を載せた。ジーナには触れず、顔は彼女からそむけていた。でもホーティーは彼女といっしょにいた、とても近くに。彼は昔馴染みの話しかたで、彼女が生きているかのようにそっと話しかけた。

「ジー……？

痛いかい、ジー？　痛いだろうね。絨毯(じゅうたん)の上の子猫を覚えてる、ジー？　よくその話をしたよね。やわらかい絨毯の上で子猫が爪を立てて、ぐーんと伸びをするんだ。身をかがめておしりを上げて、くわーあ！　ってあくびをする。そして一方の肩を下にして横になると、ぺたんと平らになる。その猫の足を指で持ち上げたらふさ飾りみたいにぐんにゃりしていて、分厚くて柔らかい敷物にまたぱたん！　と落ちるんだ。そしてそんな猫の様子を隅々まで、毛が少し乱れるところや、くつろいで半開きになった口元から細いピンクの線がのぞいているところなんかがはっきりと目に浮かぶまで想像したら

——そしたら、もう痛みは飛んでいっているはずだ。

それじゃ、話すね……。

きみは自分が違うことに——人々と違うことに傷ついていた。そうだろう、ジー？ だれしもそんな気持ちになることがあるのを、きみは知っていただろうか。奇人たちや小さな人たち——そういう人たちの気持ちは、ほかの多くの人たちより強いものだ。でもきみの気持ちは、そのなかのだれよりもさらに強かった。やっとわかった、やっとわかったよ、きみがどうしてずっと大きくなりたいと思っていたのかが。人間のふりをしていたきみは、自分が大きくないという人間的な悲しみを抱えていた。それこそが、まったく人間ではない自分自身から身を隠す方法だったからだ。そしてだからこそきみはぼくを、想像できるなかでいちばんいい人間にしようと必死にがんばった。なぜならこうしたことすべてを人類のためにやる人こそ、この上なく人間的ということになるからだ。きみは自分が人間だと信じていた、心の底から信じていたんじゃないだろうか——今日、きみがそうではないという現実に向き合うときまで。

そうして向き合って、きみは死んだ。

きみは音楽と笑いと涙と情熱でいっぱいだったよ、ほんとうの人間の女のように。周囲に分け与えたし、いっしょにいるということがなにかを知っていた。

ジーナ、ジーナ、ひとつの宝石がきみをつくったとき、ほんとうに美しい夢を見たんだ！

どうして、その夢を、最後まで、見なかったんだろう？

水晶はどうしてはじめたものを終わらせないんだろう？　どうして彼らの素描は彩色されず、和音には調号がなく、劇は二幕目のクライマックスで途切れてしまうんだろう？

待てよ、待てよ！　シーッ――ジー！　なにも言わないで……。

すべての素描は彩色されなければいけないのか？　あらゆるテーマが交響曲にならなければいけないのか？　待って、ジー……とんでもないことを思いついたみたいだ……。

きみがまっすぐ差し出してくれたアイデアだよ。きみが教えてくれたことを覚えてるかい――あの本や音楽や絵画を？　カーニバルを去るとき、ぼくはチャイコフスキーとジャンゴ・ラインハルトを、『トム・ジョウンズ』と『一九八四年』を持っていた。立ち去ってから、ぼくはそこに建て増しをしたんだよ。美しいものをあたらしく見つけた。いまではバルトークとジャン・カルロ・メノッティを、『科学と正気』と『プリンクの庭』を知っている。なにを言っているかわかるかい、ジー？　それはあたらしい美しさ……出会うまでは夢にも見なかったものたちだったんだ。

ジーナ、水晶の生活にとって重要なことなのかどうかわからないけど、彼らにも芸術があるんだ。水晶は若いときに――彼らにも成長というものがある――複製の技術をためす。そして交配するときには（あれが交配だとして）、あたらしいなにかを作り出す。複製するかわりに、生きているものを細胞単位で乗っ取り、それを組み直すことで、美しいものを生み出すんだ。

ぼくはあたらしい美しさを伝えてみるよ。彼らにとってあたらしい方向を指し示しに——彼らが夢にも見なかったことを伝えに行ってくる」

ホーティーは立ち上がってドアに向かった。よろい窓を下ろして鍵をかけ、内側からかんぬきをかけた。机に戻って座り、引き出しに手を入れた。左側の引き出しの奥から重たいマホガニーの木箱を持ち上げ、人喰いの鍵でそれを開けると、水晶の載ったトレーを取り出した。それらを机の明かりの下で興味深そうに一瞥（いちべつ）した。ラベルは無視して、ジーナのなきがらの横にすべての水晶を積み上げ、その山に囲まれた彼は、両手で自分の頭も抱えこんだ。机のランプが灯っているほかは真っ暗で、カーテンの降りたトレーラーの楕円（だえん）の窓から、かすかな光が漏れていた。

ホーティーは前かがみになり、彼女のなめらかな、冷たい肘にキスをした。「ここにいて」とささやいた。「すぐ戻るからね、ジー」

うつむいて目を閉じると、精神に闇がもたらされた。トレーラーにいる感覚は消え去り、彼はそこを離れて暗闇をさまよった。

ふたたびべつの感覚が視覚にとって代わり、気づくとまたあの存在たちを感じていた。

今回はあらゆる「グループ」の雰囲気がごっそりと欠けていて、例外はひと組——いや、三組のきわめて遠くにあるペアだけだった。残りはすべて単独で、孤立し、なにも分かち合わずに、それぞれが難解で複雑な思考を……正確には思考ではないが、それに似たような筋道をたどっていた。ホーティーはそれぞれの違いをはっきりと感じた。あるものは壮麗さと尊厳と平和に集中していた。べつのもののオーラは活動的で、高慢だった。またべつのものは、ひとつづきの奇妙に脈打つアイデアを注意深く隠していて、それにホーティーは心を奪われたが、自分がそれを理解することはけっしてないとわかっていた。

なにより不思議なのは、彼というはぐれものが彼らのなかで異質な存在ではなかったということだ。この星のはぐれものはみな、クラブや劇場やスイミングプールに入ったときに、自分が周囲の一員ではないことをある程度は自覚する。だがホーティーにそのような自覚は微塵もなかった。かといって仲間に入れてもらったと感じたわけではなく、また無視されているとも感じなかった。水晶が気づいているのがわかった。彼らは自分たちが見られているのをわかっている。そのことを彼は感じた。彼がどれだけ長くとどまろうとも、ここにいるものたちがコミュニケーションを試みてくることはないだろう——それは確かだった。かといって、それをわざわざ拒む者もやはり、いないだろう。一瞬のひらめきで彼は理解した。地球に生まれたすべての生命が前進し活動するときは、この命令に従っているのだと――生きのびろ（サバイヴ）！　人間の精神はほかの根拠を想像することができない。

水晶たちにも根拠があった――でもそれは、きわめて異質なものだった。ホーティーはもう少しでそれをつかみかけたが、完全にはできなかった。それは「生きのびろ！」と同じくらいシンプルだが、彼がいままで聞いたり読んだりしてきたあらゆることからあまりにもかけ離れた概念だったので、彼の手から逃れていった。そのことから、自分のメッセージもまた、彼らにとって複雑で興味深いものになることをホーティーは確信した。

だから――ホーティーは語りかけた。彼の語りに言葉はなかった。言葉は使われず、伝えるべきことは豊かな描写の大きなうねりとなって発された。二十年のあいだ心のなかに眠っていた思考のすべて、本と音楽のすべて、恐怖と喜びと当惑のすべて、動機のすべてをかかえたメッセージが、ひと筋の光となって水晶たちのなかを駆け巡った。

それは彼女の真っ白な歯と音楽のような発声のことを語った。彼女がクビになったハディーを見送ったときのことを語り、彼女の頬の曲線と、彼女の目に宿った深みのある表情を語った。彼女の身体について語り、千とひとつの人間の美の基準を引き合いに出し、彼女の美しさを伝えた。彼女がハーフサイズのギターで奏でる雄弁でいきいきとした和音とやさしい歌声について語り、そして、水晶から生まれたことを理由に自分を拒んだ人類という種を守ろうとしたとき、彼女が直面した危険について語った。彼女のありのままの裸体を描き、苦しい、隠しきれなかったすすり泣きを呼び起こし、その涙をアルペジオのように響く笑い声の描写で乗り越え、彼女の痛みと、彼女の死を語った。

そこに暗に示されていたのは人間性だった。それとともに、ひとつの荘厳な倫理、生存という根拠があらわれた——最高位の命令は種の生存という観点から発せられ、その次が集団の生存である。三つのうちもっとも低いのが個の生存だ。善いものも邪悪なものも、あらゆるモラルも進歩も、この基本的な命令の秩序に従っている。集団を犠牲にして個のために生きのびることは、種を危険にさらすことだ。種を犠牲にして集団を生かすことは、明確な自殺行為だ。ここにこそ、人類すべてにとっての善と強欲の核心が、正義の源泉がある。

そしてまたこの娘のことを、排除された者のことを語った。彼女は自分とは異なる集団に命をささげ、もっとも高潔な倫理の名のもとにそれを成し遂げた。「正義」も「慈悲」も、絶対的なものではないかもしれない——だが、彼女が生存の権利を得たとたんに死ななくてはならないというのが出来の悪い芸術なのは、だれが見ても明らかではないか。

要約すると、すべてがぎこちなく不完全な言葉に押しこまれることになるけれど、これが彼が発したひとかたまりのメッセージの内容だった。

ホーティーは待った。

なにもなかった。返事も、挨拶も……なにも。

ホーティーは戻ってきた。前腕の下にある机を感じ、頰にくっついた前腕を感じた。頭を上げて机の明かりにまばたきした。脚を動かした。こわばっている感じはしなかった。いつか彼は、異質な思考の環境における時間感覚の異常について研究するだろう。そして彼はやっと思い当たった——失敗したことに。

彼は枯れた声で叫び、ジーナのほうに両腕を伸ばした。彼女はまったく動かず、完全に死んでいた。彼女に触れた。硬くなっていた。死後硬直が、人喰いに運動中枢を傷つけられたことで生じたゆがんだ微笑みを強調していた。彼女は勇敢で、痛々しく、深く後悔しているように見えた。ホーティーの目が熱くなった。「おまえは墓穴を掘るんだ」うなるようにそう言った。「そしてこの身体をそこに降ろし、埋める。そうしたら残りの人生で、いったいなにをすればいい？」

だれかが戸口にいるのを感じた。ハンカチを取り出して目を拭った。目はまだ熱かった。机の明かりを消してドアに向かった。ソーラムだった。

ホーティーは外に出て、後ろ手でドアを閉め、ステップに腰かけた。

うまくいかなかったのか?

「そうだね」とホーティーは言った。「ぼくは――彼女が生き返らないだなんて、いまのいままで全然思っていなかったんだ」しばらく黙ってから、荒っぽく続けた。「なにか話そう、ソーラム」

カーニバルの奇人たちの三分の一くらいが死んだよ。みんな、おまえの一撃から六十メートルの圏内にいた。

「やすらかに眠れますように」ホーティーはぬっと立っている緑の男を見上げた。「心から言ってるんだ、ソーラム。ただの決まり文句じゃなくて」

わかってる。

沈黙。「こんな気分になったのは蟻を食べて放校されたとき以来だよ」

どうしてそんなことをした?

「ぼくを作った水晶たちに訊いてくれよ。彼らが活動するとき、蟻酸の大欠乏を引き起こすようなんだ。なぜかは知らない。食べずにはいられなかった」彼の鼻が動いた。「その匂いがするぞ、いま」かがみこみ、また嗅いだ。「明かり、ある?」

ソーラムはライターに火をつけて渡した。「やっぱりそうだ」とホーティーは言った。「蟻塚をもろに踏んだ」彼は塚をひとつまみして、てのひらに置いた。「黒蟻だ。小さい茶色のほうがもっといいんだけど」ゆっくり、しぶしぶといった様子さえ窺わせて、彼は手をひっくり返して砂を落とし、両手をはたいた。

食堂テントに来いよ、ホーティー。

「うん」彼は立ち上がった。その顔には当惑の表情があらわれだしていた。「いや、ソーラム。先に行ってくれ。やることがある」

ソーラムは悲しげに首を振ってのしのしと歩き去った。ホーティーはトレーラーに戻り、後ろの壁を手探りしながら進んだ。そこには人喰いの実験用の棚が備え付けられていた。「ここに多少はあるはずだ」彼はつぶやき、明かりをつけた。「塩酸、硫酸、窒素、酢酸――あっ、あったぞ」彼は蟻酸の瓶を取って開けた。綿棒を探し、蟻酸に漬けてから舌で触れた。「こりゃいい」とつぶやいた。「どういうことだろう？　再発したのか？」また綿棒を持ち上げた。

「すっごくいい匂い！　なにそれ？　わたしにもちょうだい」

ジーナが光の下に来て、あくびをした。「よりによってこんな恐ろしいところで寝るなんて……ホーティー！　どうしたの？　あなた――泣いてるの？」ジーナは尋ねた。

ホーティーは派手に舌を噛み、ぱっと振り返った。

「ぼくが？　まさか」とホーティーは言い、ジーナを抱き寄せて泣き出した。ジーナはホーティーの頭を揺すってあやし、蟻酸を嗅いだ。

しばらくして彼が落ち着くと、ジーナは自分の綿棒を手にしてから「これはなんなの、ホーティー？」と尋ねた。

「話さなきゃいけないことがたくさんある」彼はやさしく言った。「ほとんどは小さな女の子についての話だ。ひとつの国を救うまで、彼女は歓迎されざるよそ者だった。でもやがて国際的な市民委員会が結成されて、彼女がはじめての身分証と夫を得られるように取り計らうんだ。すごい話だよ。ほんとに芸術的で……」

17

ある手紙から――

……わたしは病院でゆっくり休むことができています、ボビー。無理をしたせいで、神経がまいってしまったみたい。なにも覚えてないの。周囲の話では、わたしはある晩に店を出ていって、四日後に近所をさまよっているところを見つかったんですって。なにも起こらなかったのよ、ボビー、ほんとになにも。振り返ると、妙な気分になる――人生にぽっかり穴が開いているみたいで。でも身体には少しもおかしいところはありません。

いいニュースもあります。あのいやらしいブルーイットが、カーニバルで心臓発作を起こして死んだそうです。

戻り次第、ハートフォードのオフィスで働けることになっています。それに聞いて――あのひどい夜にギタリストの若者が三百ドルを貸してくれたっていう、とんでもない話をしたでしょ？　彼がハートフォード気付で手紙を送ってくれたの。そこには、資産二百万ドルのビジネスを受け継いだばかりなので、貸したお金はとっておいてくれ、と書いてありました。どうすればいいのかわからないでいます。彼がどこにいるのか、何者なのか、だれも知らないそうです。町を去ったと聞きました。近所のひとの話では、幼い娘さんをふたり連れていたって。娘かわからないけど、とにかくふたりの女の子を連れて出て行ったそうです。そういうわけで、そのお金は銀行にあって、お父さんの遺産もちゃんと手元にあります。

だから心配しないで。特にわたしのことはね。その四日間のことだけど、わたしにはシミひとつ残っていないから。そういえば、片方の頰に小さなあざがあるけど、たいしたことはないです。きっとすてきな日々だったんだと思う。ときどき起き抜けに、触れそうなくらいはっきりと感じることがあるの――とってもすてきな人を愛した思い出が、かすかに残っているみたい、って。わたしの頭がでっちあげたのかもしれないけどね。いま、わたしのことを笑ってるでしょ……。

訳者解説

Theodore Sturgeon, *The Dreaming Jewels*, 1950 の全訳をお届けする（定本にはVintage Books 版をもちいた）。

これはひとりの孤児が酷薄な家と学校を逃れた先であたらしい人や芸術と出会い、変容していく成長物語であり、超自然的存在をめぐる闘いが、カーニバルを舞台にときに禍々（まがまが）しく、ときに奇妙な美しさをたたえて展開するゴシックホラーであり、抑圧者に虐（しいた）げられてきた者たちの復讐劇であり、彼らの運命がそのまま人間と生命への問いかけになっている、SF的仕掛けに満ちた冒険譚である。

作者は、ニューヨーク生まれのSF作家シオドア・スタージョン（一九一八〜八五）。日本語圏で手にとれる代表作に『人間以上』『ヴィーナス・プラスX』（以上、長編小説）『海を失った男』『不思議のひと触れ』（以上、短編集）などがある。本書はスタージョンの最初の長編小説で、一九五〇年に発表された。

これまでSFや幻想文学というジャンル名からたくさんの小説を手繰（たぐ）り寄せてきた読者にとってはお馴染みの名品だが、ながらく品切れの状態が続いていたから、はじめて存在を知る読者もいるかもしれない。最初期の作品に作家のすべてがつまっている、という言いかたがあるけれど、『夢みる宝石』にも、モチーフごとに傾注度合いの濃淡はあれ、同じことが言えるだろう。作家のキャリア全体をつらぬく主題について詳述するスペースはここにはないけれど、幸い、作品解説や訳者のあとがきという形で、日本語で読めるスタージョンについての文章は少なくない。特にハヤカワ文庫の永井淳訳『夢みる宝石』の二〇〇六年の新装版に付された「The Patterns of Sturgeon」（石堂藍）というテキストは『夢みる宝石』のモチーフを出発点にしながらスタージョン作品の全体を見渡すブックガイドである。本書を入り口にした人にとってはとても役立つと思うので、その他のテキストとともに、ぜひ参照してみてほしい。

カーニバルで繰り広げられる、地球上のほかの生物とまったく異質な〈水晶〉をめぐる物語、と聞くと、いわゆる「現実」とはつながりの薄い空想世界や寓話的な物語をイメージされかねないが、ここには一九五〇年当時のアメリカの風俗や文化もまた、あちこちに描きこまれている。ストーリーを追う流れを妨げたくなかったので本文中に訳注を挿入するのは極力避けたが、いまここでいくつか触れておこう。

ソーン・スミス（一一〇頁）はファンタジックなユーモア小説をたくさん書いたベストセラー作家で、ここでの引用は、とある険悪な夫婦の身体が入れ替わる騒動を描いた一九三一年の小説 *Turnabout* からの一節。エリオット・スプリングス（一八三頁）は第一次対戦中のアメリカ空軍パイロットで、復員後は従軍経験を元にした本を書き、家業の繊維工場を継いでからはコピーライティングにも精を出した。チャールズ・フォート（二三五頁）はアメリカ合衆国における超常現象研究の先駆的存在だ。

作家は、この小説の初出年と同年に発表されたレイ・ブラッドベリの連作短編集『火星年代記』（七九頁）を挙げて、同業者に目配せしている。『科学と正気（*Science and Sanity*）』（二七一頁）は哲学者／工学者アルフレッド・コージブスキー一九三三年の著作で、そこで展開された「一般意味論」は当時のSF作家たちにも影響を与えた（これを直接的なインスピレーションにしたSF小説で有名なのはA・E・ヴァン・ヴォークトの『非Aの世界』）。

ホーティーのお気に入りとして名前の挙がる本や音楽の多くは、そのまま作者のお気に入りと考えていいだろう。たとえば『プリンクの庭（*The Garden of the Plynck*）』（二七一頁）は、アーカンソー出身の詩人カール・ウィルソン・ベイカーが一九二〇年に発表した児童向けファンタジー小説で、当時忘れ去られていたこの作品にスタージョンはたびたびエッセイなどで言及し、再評価のきっかけをつくった。

またここには、音楽を聴き、奏でることの喜びがしょっちゅう顔を出す。レコードショップに通う客を称え、甘美な過去の思い出と別れを歌ったスタンダード「スターダスト」に物語の重要な契機を担わせ、音楽家たちのそれぞれのスタイルを伝えるために短いながらも言葉を尽くし、歌を歌って演奏するときの特別な空気を描き出すのを見ると、まさに自分でもギターを弾いて曲を作り、ジャズ小説も書いた作家の最初の長編小説だ、と思える。

スタージョンの比較的よく知られた伝記的事実に、義父との関係が決して穏やかではなかったことや、青年期にサーカスのブランコ乗りを仕事にしようと思っていた、というものがあるが、そこにホーティーの横顔を重ねることもできるだろう。この物語は、突然変異体や生ける宝石といった奇想と、たくさんの自伝的なエピソードとともに練り上げられていったのだ。

だがこの本は、遠回しな作家の自伝であるまえに、なによりもホーティーたちがその世界で生きている、とにかく魅力あふれる小説だ。翻訳をする速度で読んであらためて迫ってきたのは、若島正が「スタージョンがSFにもたらしたもの」として指摘した「多様な文体、とりわけ社会の底辺に生きる人間を活写する口語を基調にした文体」、「SFではほとんど描かれたことのない、ややもすると社会から切り捨てられてしまう人々」（スタージョン『海を失った男』解説）だった。カーニバル団員たちの生活の様子やダイナーでの食事の場面、テントを設営するときのやりとりは、いつ読んでも胸がいっぱいになる。読んでいるいま、まさに彼らが生きている！　という感じがする。だから結末を知ったあとでも、ジーナたちの命懸けの闘いには、読み返すたびにはらはらして、声援を送らずにはいられなかった。ハバナとバニーのさりげないやさしさ、ケイの生活と仕事への切実な思い、ブルーイットの不気味さ、並外れた探究心と情熱をもつモネートルの複雑な悪の肖像、そして沈黙の人・ソーラムの秘密……こうして書き出すと、だれのことも書き漏らしたくない気持ちになるけれど、あとは本編を読んでいただくべきだろう。

『夢みる宝石』には、永井淳による先行訳がある。十九歳のときに出会った氏の訳文を通じてこそ、これが唯一無二の小説になった自分にとって、新訳にまったく怯(ひる)まなかったわけではない(そういう出会いかたをした本は絶対で、訳が古いとか新しい、といった言葉を超えるのだ)。でも、翻訳という行為をつうじて原著の言葉や物語やキャラクターたちに出会い、生きてみたい、というわがままな気持ちや、書店で見られなくなってからしばらく経って、もういちどこの作品の魅力を伝えてみたい、という思いがないまぜになって、企画を進めた。

新訳というものをはじめて手がけて気づいたのは、先行訳書の驚くべき気前のよさである。読解に困ったら、たとえ深夜でも早朝でも永井訳の『夢みる宝石』が相談相手になってくれた。特別な本だから「見すぎると引っ張られる」と思い、作業も佳境になって、どうしても困ったときだけ開いた。訳語をそのまま使わせてもらったところもある。十年以上前に夢中になった本とそういう対話の場所が持てたことがありがたく、不思議な気持ちだ。

企画の段階から完成まで並走してくださった河内卓さんと、草稿を読んでくれ、感想をくれたり質問に応じてくれたりしたみなさんに感謝したい。日本語圏における「スタージョン・ルネサンス」（スタージョン『[ウィジェット]と[ワジェット]とボフ』編者あとがき）の牽引者（けんいんしゃ）である若島正さんは快く帯にコメントを寄せてくださった。

表紙の装丁は、瑪瑙（めのう）の蒐集家（しゅうしゅうか）として知られ、石にまつわる多数の著作の著者でもある山田英春さん。まさにそれ自身が光源であるような、透き通っていながら複雑な輝きを放つ鉱物を描いてくださったのは山口洋佑さんである。訳文については読者のみなさんの声を待つしかないが、石の奥深い魅力に通じたおふたりに表紙を作っていただいたのは、まちがいなくこのバージョンの『夢みる宝石』のすばらしいところだ。

二〇二三年九月

川野太郎

ちくま文庫

夢(ゆめ)みる宝石(ほうせき)

二〇二三年十月十日　第一刷発行

著者　シオドア・スタージョン
訳者　川野太郎（かわの・たろう）
発行者　喜入冬子
発行所　株式会社　筑摩書房
東京都台東区蔵前二―五―三　〒一一一―八七五五
電話番号　〇三―五六八七―二六〇一（代表）
装幀者　安野光雅
印刷所　TOPPAN株式会社
製本所　TOPPAN株式会社

ISBN978-4-480-43913-0　C0197